Jens Schumacher

DIE WELT DER 1000 ABENTEUER
Das Vermächtnis des Zauberers

MANTIKORE
VERLAG

7. Auflage
Veröffentlicht durch den
MANTIKORE-VERLAG NICOLAI BONCZYK
Frankfurt am Main 2016
www.mantikore-verlag.de

Printed in the EU

ISBN: 978-3-945493-57-1

DAS VERMÄCHTNIS DES ZAUBERERS

Ein Fantasy-Abenteuer mit DIR in der Hauptrolle

Mit Illustrationen von Wolf Schröder

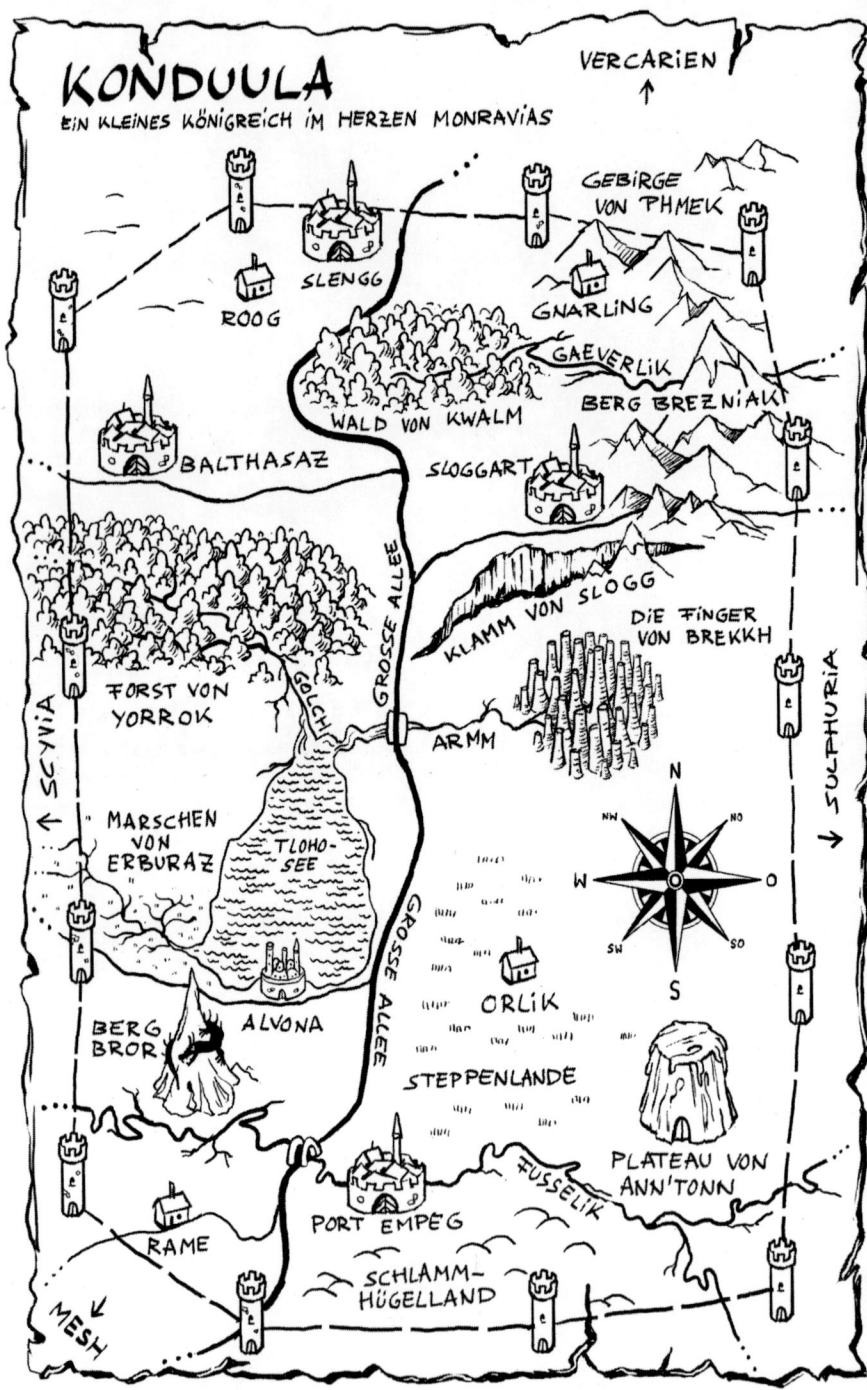

Willkommen, Abenteurer!

Wenige Seiten trennen dich von Monravia, einer fantastischen Welt voll verwunschener Wälder, nebelumwallter Gebirge, reißender Flüsse und labyrinthischer, uralter Städte. Es ist eine wilde, abenteuerliche Welt, bevölkert nicht allein von Menschen, sondern auch von allerlei fremdartigen Lebewesen – friedliebenden und solchen, denen man lieber nicht nach Einbruch der Dunkelheit begegnen möchte.

Du schlüpfst in die Rolle eines jungen Schmiedegehilfen und wirst, bevor du es dich versiehst, in ein gefährliches Abenteuer verstrickt: Ob du willst oder nicht – von *deinen* Entscheidungen hängen das Schicksal deiner Heimat und das Leben vieler tausend Menschen ab …

Wie man dieses Buch liest

»Das Vermächtnis des Zauberers« ist kein Buch im normalen Sinne. Es ist ein Fantasy-Abenteuer-Spielbuch. Das bedeutet, es wird nicht einfach von vorn nach hinten durchgelesen. In diesem Buch bestimmt niemand anders als *du*, wie die Geschichte abläuft! Von dir hängt es ab, welche Wege du einschlägst, gegen welche Gegner du kämpfst und welche Geheimnisse du aufdeckst, wenn du auf der Suche nach den Hinterlassenschaften eines berühmten Magiers durch die unerforschte Wildnis Konduulas ziehst.

Für das größtmögliche Spiel- und Lesevergnügen musst du ein paar einfache Regeln beachten. Die wichtigste: *Lies die Abschnitte dieses Buches nicht in der Reihenfolge ihrer Nummerierung!* Arbeite dich stattdessen Abschnitt für Abschnitt durch die Geschichte vor, indem du die Anweisungen am Ende jeder Textpassage befolgst. Du wirst merken, dass sich so unzählige Möglichkeiten ergeben, die Geschichte immer wieder neu zu lesen.

Bei aller Vielfalt gibt es jedoch nur eine Route, auf der sich dein Abenteuer zu einem erfolgreichen Ende führen lässt. Sie lässt sich mit einem Minimum an Risiken und Gefahren bewältigen, ist allerdings nicht leicht zu finden. Sei daher nicht enttäuscht, wenn du beim ersten Mal keinen Erfolg hast. Starte einfach von vorn und unternimm einen neuen Versuch.

Besitztümer, Hinweise & das Schicksal

Zu Beginn deines Abenteuers besitzt du nur eine recht bescheidene Ausrüstung. Du hast einen Rucksack, in dem du gefundene Gegenstände verstauen kannst, darüber hinaus vier Portionen getrockneten Zwieback als Marschverpflegung, einen Dolch sowie einen knorrigen Wanderstab, den du dir aus einem Ast geschnitzt hast. Außerdem verfügst du über eine Karte von Konduula, deinem Heimatland im Herzen Monravias (in diesem Buch auf Seite 4), die dir in manchen Situationen bei der Orientierung hilfreich sein wird.

Im Verlauf deiner Reise wirst du aber weitere Dinge finden, die du an dich nehmen kannst. Wenn dies der Fall ist, trage den entsprechenden Gegenstand unter BESITZTÜMER auf deinem **Abenteuerblatt** (Seite 19) ein.

Manchmal bist du auf der Suche nach der Lösung eines bestimmten Rätsels auf Informationen angewiesen, die du an einem anderen Ort erhältst. Stößt du auf einen Tipp, der dir nützlich erscheint, notiere ihn unter WICHTIGE HINWEISE auf deinem **Abenteuerblatt**, damit du die Information parat hast, falls sie später benötigt wird.

(Beachte: Wenn du neu startest, beginnst du dein Abenteuer wieder ganz ohne Besitztümer oder Hinweise. Am bes-

*ten nimmst du deine Eintragungen mit Bleistift vor, dann kannst du sie vor einem neuen Anlauf problemlos entfernen. Wenn du nicht in das Buch hineinschreiben willst, fotokopiere das **Abenteuerblatt** oder zeichne es ab.)*

So klug und vorausschauend du auch handelst, es wird dennoch bisweilen vorkommen, dass der Ausgang einer Situation allein von deinem Glück abhängt – oder davon, wie gewogen dir die absonderlichen Götter Monravias sind. In solch einem Fall wirst du aufgefordert, das Schicksal zu befragen. Blättere dann auf Seite 10, wo du einen Haufen wild gemischter Runensteine findest. Schließ die Augen und wähle blind einen davon aus. Der zufällig herausgepickte Stein bestimmt, wo es für dich vom aktuellen Abschnitt aus weitergeht.

Dein Talent

Außer deiner Geschicklichkeit und deiner Schläue verfügst du noch über ein weiteres nützliches Hilfsmittel: dein Talent. Hierbei handelt es sich um eine spezielle Fähigkeit, über deren Anlagen du bereits seit deiner Geburt verfügst und die du im Laufe der Jahre immer weiter verfeinert hast. Bevor du dein Abenteuer beginnst, wähle

ein Talent aus jenen aus, die auf dem **Abenteuerblatt** zu
Wahl stehen. Die folgende Liste erklärt, was es mit den
einzelnen Fähigkeiten auf sich hat:

TALENT	BESCHREIBUNG
KLETTERN	Du kannst Bäume, Mauern oder andere Hindernisse ohne Hilfsmittel ersteigen oder überwinden.
TIERSPRACHE	Du verstehst die Sprache nahezu aller Tiere Monravias und kannst dich darin verständlich machen.
SCHRIFTENKUNDE	Du vermagst fremde Schriftzeichen aus anderen Sprachen zu lesen und ihren Sinn zu verstehen.
VERBERGEN	Du bist in der Lage, dich so zu verstecken, dass du mit deiner Umgebung verschmilzt und so gut wie unsichtbar wirst.
VORAHNUNG	Du kannst einschneidende Ereignisse, zum Beispiel Gefahren auf deinem Weg, wie ein Hellseher vorausahnen.

Das Abenteuer beginnt

Solange du denken kannst, lebst du in dem kleinen Dörfchen Roog im Nordwesten Konduulas. Konduula ist ein winziges Königreich im Herzen Monravias, Roog ein ödes Kaff, in dem nie etwas Spannendes passiert. Seine Bewohner gehen tagaus, tagein ihren eigenbrötlerischen, überwiegend sterbenslangweiligen Tätigkeiten nach. Für dich ist das besonders unangenehm, denn schon seit deiner frühen Kindheit verspürst du einen unerklärlichen Drang nach Aufregung und Abenteuer. Du glaubst, dass dies möglicherweise mit deiner Abstammung zusammenhängt: Der berühmte Abenteurer Zargo Dolchträger, der das Land einst von Mardulok, dem berüchtigten Oger-Fürsten befreite, war dein Urururgroßvater. Verirrt sich einmal – was selten vorkommt – ein Reisender in diese Gegend, der von fernen Regionen und großen Heldentaten zu berichten weiß, hängst du wie gebannt an seinen Lippen und wünschst dich weit fort, an die Schauplätze dieser heroischen Taten. Leider sind deine Chancen, selbst einmal große Abenteuer zu erleben, denkbar gering. Tagein, tagaus versiehst du langweilige Hilfsar-

beiten in der Hufschmiede deines Onkels Modrik – Seite an Seite mit deinem dicken, jähzornigen Vetter Bolko.

Eines Vormittags jedoch durchbricht etwas Unvorhergesehenes den eintönigen Alltag: Eine wunderschöne Frau in wallenden Gewändern erscheint im Ort. Würdevoll, aber zielstrebig eilt sie von Haus zu Haus.

Rasch spricht sich herum, um wen es sich handelt: Es ist Marlara, die Vorsitzende des mächtigen Rats der Magier! Sie ist eigens aus Balthasaz, der Hauptstadt Konduulas, hierher gekommen – warum bloß?

Als sie gegen Mittag auch an die Tür deines Onkels Modrik klopft, kannst du von einem Nebenzimmer der Schmiede das Gespräch der beiden belauschen. Marlara bringt erschreckende Neuigkeiten: In Sulphuria, einem unwirtlichen Reich östlich von Konduula, zieht der böse Erzmagier Gorlash gewaltige Armeen von Goblingen, schwarzen Druiden und noch schlimmeren Kreaturen zusammen. Mit ihnen will er die Länder Monravias eines nach dem anderen angreifen und unterwerfen – angefangen bei Konduula, das direkt an das Reich des Bösen grenzt.

Normalerweise, so fährt die Zauberin fort, würden die Grenzen Konduulas von den 13 Siegeltürmen geschützt, mächtigen Bauwerken entlang der Landesgrenzen, zwischen denen sich magische Barrieren spannen. Seit über 1000 Jahren verhindern sie das Eindringen böser Mächte.

In letzter Zeit jedoch, so berichtet Marlara, verlieren die Siegel immer mehr an Kraft. Bald schon werden sie durchlässig sein für Übergriffe dunkler Wesen – und damit für die Horden Gorlashs! Nur mit einem ganz bestimmten Gegenstand von großer Zauberkraft können Marlara und ihre Ratskollegen die Siegel neu mit magischer Energie füllen: dem uralten Zauberstab von König Zardru I., dem legendären Magier und Staatsgründer Konduulas.

Unglücklicherweise wurde Zardrus Stab einst in einer großen Schlacht in drei Teile zerschlagen, die sich seither an unbekannten Orten irgendwo in Konduula befinden. Der Rat der Zauberer ist daher auf einen tapferen Abenteurer angewiesen, der sich auf die Suche nach den Bruchstücken macht und sie wieder zusammensetzt. Vor ihrer Abreise von Balthasaz hat Marlara ihre allsehende Kristallkugel zurate gezogen. Die Kugel verkündete ihr, dass nur eine einzige Person in Konduula diese schwierige Mission erfolgreich bewältigen könne: eine jugendliche Person von großer Schläue und Tapferkeit, die sich

gegenwärtig als Schmiedegehilfe in einem kleinen Dorf im Nordwesten des Landes betätige – ein Nachfahre des Helden Zargo Dolchträger.

Dir wird im Nebenzimmer abwechselnd heiß und kalt. Bei der gesuchten Person kann es sich nur um *dich* handeln! Doch bevor du die Tür zur Schmiede aufstoßen und dich der Zauberin vorstellen kannst, ertönt drinnen plötzlich ein ohrenbetäubendes Poltern, gefolgt von einem dumpfen Schmerzenslaut. Sofort ist dir klar, dass soeben dein Vetter Bolko auf unnachahmliche Art die Werkstatt betreten haben muss. Bolko ist ungefähr so alt wie du, plump, gefräßig und kann grundsätzlich alles besser als andere – zumindest denkt er das.

»Sorgt Euch nicht, Zauberin«, hebt Bolko im Brustton der Überzeugung die Stimme. »Bei dem gesuchten tapferen und klugen Helden aus dem Geschlecht Zargo Dolchträgers kann es sich fraglos nur um einen handeln, und der steht vor Euch! Gestatten: *Bolko der Große*. Sagt mir, was ich tun soll, und es wird getan.«

Dir stockt der Atem. Zwar entspricht es der Wahrheit, dass auch Bolko mit dem berühmten Helden verwandt ist, allerdings viel weitläufiger als du. Bei der Vorstellung, ausgerechnet deinem faulen, sich ständig selbst überschätzenden Vetter könnte die Verantwortung für das Schicksal Konduulas übertragen werden, bricht dir der kalte Schweiß aus. Rasch reißt du die Verbindungstür auf.

Als du eintrittst, legt Marlara deinem Vetter gerade die Hände auf die Schultern. »Ich bin froh, dass ich dich gefunden habe, Bolko der Große«, sagt sie. »Die Macht der 13 Siegel schwindet rasch, und die Kräfte Gorlashs wachsen täglich. Doch nun wird alles gut: Die Kristallkugel versprach, dass der gesuchte jugendliche Held alle drei Teile vom Stab Zardrus zurückbringen werde …«

»Jo. Dann mach ich das«, erwidert Bolko und grinst einfältig.

Du hüstelst, um dich bemerkbar zu machen. Wie sollst du die Zauberin bloß auf ihren Irrtum aufmerksam machen, ohne respektlos oder gar unhöflich zu wirken? Marlara dreht sich um und mustert dich freundlich. »Wen haben wir denn hier?«, will sie wissen.

»Ich … also, Zargo … mein Urururgroßvater … die Kristallkugel …« In deiner Aufregung bringst du nicht mehr als sinnloses Gestammel zustande.

Marlara sieht dich von oben bis unten an, dann nickt sie. »Ich habe den Eindruck, als würdest du Bolko den Großen gerne auf seiner Mission begleiten?«

»Ooch, muss das sein?« Bolko ist von dieser Vorstellung alles andere als begeistert. An seinem glasigen Blick erkennst du, dass er sich im Geist bereits als strahlender Retter Konduulas gesehen hat, der Danksagungen und Geschenke vom Rat der Zauberer entgegennimmt.

Doch Marlara hat ihre Entscheidung getroffen: Du sollst deinen unerträglichen Vetter auf seiner Mission begleiten. Während sie sich zu deinen Eltern begibt, um ihnen zu erklären, dass du Roog für eine Weile verlassen wirst, fügst du dich zähneknirschend in dein Schicksal. Ein Abenteuer an der Seite deines Vetters ist immer noch besser als gar keins. Und irgendjemand muss schließlich darauf achten, dass der trottelige Kerl nicht gleich an der nächsten Wegkreuzung von einem Rudel Eichhörnchen überfallen wird.

Kaum eine Stunde später findest du dich am Dorfausgang wieder, Seite an Seite mit Bolko. Auf dem Rücken trägst du einen Rucksack mit vier Rationen getrocknetem Zwieback darin, die du von deiner Mutter als Marschverpflegung mitbekommen hast (vermerke vier Portionen Zwieback auf deinem **Abenteuerblatt**). An deinem Gürtel hängt ein nagelneuer Dolch, den dir Onkel Modrik geschenkt hat, und in deiner Hand liegt dein treuer Wanderstab.

Während du alte, robuste Kleidung gewählt hast, trägt Bolko sein bestes Sonntagswams, komplett mit alberner roter Fliege um den Hals. Mit einem unguten Gefühl fragst du dich, ob ihm deinem Vetter eigentlich klar ist, welche Gefahren euch möglicherweise auf eurer Suche erwarten.

Das halbe Dorf ist zusammengekommen, um euch zu verabschieden. Begeisterte »Hoch lebe Bolko!«-Rufe ertönen, Hüte werden in die Luft geschleudert, Taschentücher geschwenkt. Niemand scheint daran zu zweifeln, dass ihr schon bald mit den Bruchstücken des dringend benötigten Zauberstabs zurück sein werdet …

Bevor es losgeht, beschreibt Marlara euch, wie der Zauberstab König Zardrus einst aussah, damit ihr die drei Bruchstücke erkennen könnt. Darüber hinaus gibt sie euch ein paar wichtige Ratschläge mit auf den Weg: »Leider ist kaum etwas darüber bekannt, wo sich die Teile des Stabs heute befinden. In Sloggart, einer Stadt wenige Tagesreisen von hier, lebt jedoch ein alter Gelehrter namens Mansinius. Er weiß angeblich, wo eines der Bruchstücke zu finden ist. Sucht ihn auf und befragt ihn! Hier habt ihr eine Karte, mit der ihr euch unterwegs zurechtfinden könnt.« Sie zückt ein aufgerolltes Pergament, das du an dich nimmst und in einer Tasche deines Gewandes verstaust. »Begebt euch zunächst zur Großen Allee«, fährt Marlara fort, »der befestigten Handelsstraße, die unser Land von Nord nach Süd durchzieht. Folgt ihr, bis ihr zur Abzweigung nach Sloggart gelangt.«

»Kein Problem«, ruft Bolko beiläufig. Du kennst ihn gut genug, um zu wissen, dass er überhaupt nicht zugehört hat.

»Sobald euch eure Suche weiter in den Süden führt, sucht Alvona auf, die Stadt der Alven. Ihre Königin ist

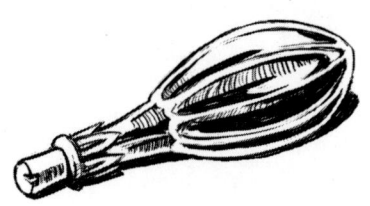

dem Rat der Zauberer in Freundschaft verbunden und hat uns versprochen, ebenfalls etwas über den Aufenthaltsort der Zauberstabteile herauszufinden. Vergesst nicht: Die Stücke könnten überall sein. Sucht, wohin ihr kommt, fragt jeden, dem ihr glaubt, vertrauen zu können, nach dem Vermächtnis Zardrus. Und eilt euch!« Marlaras Gesicht verfinstert sich vor Sorge. »Der magische Schild Konduulas ist bereits löchrig. Uns bleibt nicht viel Zeit, bis er zusammenbricht und wir Gorlashs Horden schutzlos ausgeliefert sind.«

»Jo. Wir machen das schon.« Bolko versucht, seinem pausbäckigen Gesicht eine entschlossene Miene zu verleihen. Das Ergebnis wirkt so albern, dass du trotz des Ernsts der Situation um ein Haar lachen musst.

Mit einem letzten Händedruck verabschiedet sich Marlara von euch. Dabei hast du plötzlich den Eindruck, als würde dir die Zauberin unauffällig zuzwinkern. Was hat das zu bedeuten? Weiß Marlara möglicherweise, wen ihre Kristallkugel *tatsächlich* gemeint hat, als sie dem Rat der Zauberer von einem jugendlichen Helden berichtet hat?

Dir bleibt keine Zeit, sie danach zu fragen, denn dein Vetter stapft bereits mit großen Schritten davon, eine alberne, falsch gepfiffene Melodie auf den Lippen. Eure Mission hat begonnen!

Lies weiter bei **1**.

ABENTEUERBLATT

BESITZTÜMER:
- RUCKSACK
- DOLCH
- WANDERSTAB

WICHTIGE HINWEISE:

TALENT:
- ☐ KLETTERN
- ☐ TIERSPRACHE
- ☐ SCHRIFTENKUNDE
- ☐ VERBERGEN
- ☐ VORAHNUNG

1 Nach einer halben Stunde Fußmarsch stoßt ihr auf die Große Allee, eine breite, grob gepflasterte Straße, die von grünen Bäumen gesäumt wird. Ihr habt sie kaum erreicht, da sinkt Bolko schon erschöpft am Fuß des erstbesten Baumes zusammen. »Bin total erledigt«, keucht er und beginnt, an seinem Rucksack herumzufummeln. »Noch nie war ich so weit von zu Hause fort. Lass uns eine Rast einlegen und etwas essen!«
Fassungslos drehst du den Kopf – man kann die Schornsteine von Roog noch am Horizont erkennen, so kurz seid ihr erst unterwegs. Seufzend überlegst du, was du tun sollst: Willst du einer Rast zustimmen, damit dein Vetter wieder zu Kräften kommt (weiter bei **84**)? Oder versuchst du, Bolko zu überreden, eure Vorräte für einen späteren Zeitpunkt aufzusparen, wenn ihr sie vielleicht dringender braucht (weiter bei **17**)?

2 Du hebst einige spitze Steine auf und beginnst, den Felsbeißer damit zu bombardieren. Als Bolko keuchend zu dir aufschließt, weist du ihn an, es dir nachzumachen. Kaum treffen die ersten Brocken den grauen

Leib des Reptils, da fährt es fauchend herum. Dann geschieht etwas, womit du nicht gerechnet hast: Der Felsbeißer sperrt sein Maul auf und fängt geschickt einen Stein nach dem anderen aus der Luft, um ihn krachend zwischen seinen Zähnen zu zermalmen! Du erinnerst dich, dass diese Geschöpfe zwar als sehr angriffslustig gelten, sich aber weder von Fleisch noch von Pflanzen ernähren – sondern von Steinen. Du willst deinen Angriff gerade wieder abblasen, da kommt dir eine Idee. Ohne Unterlass schleuderst du dem Biest weitere Brocken ins Maul, die es gierig verschlingt. Schon bald schwillt sein Bauch sichtlich an. Als der Felsbeißer schließlich satt das Maul zuklappt und sich abzuwenden versucht, ist sein Leib so aufgequollen, dass die kurzen Beine an den Seiten kaum noch den Boden berühren. Die Riesenechse kann sich nur noch im Zeitlupentempo bewegen, so dass du gefahrlos zu dem Jungen hinübergehen kannst. Du hilfst ihm hoch und stützt ihn, und gemeinsam lasst ihr das Tier rasch hinter euch. Weiter bei **22**.

3 Mit angehaltenem Atem versucht ihr, euch rückwärts vom Lager zu entfernen, ohne dass die Wölfe euch bemerken. Auf einem der Bäume entlang der Straße solltet ihr vor den Bestien in Sicherheit sein, denkst du. In diesem Moment ertönt neben dir ein durchdringendes Knirschen – Bolko ist auf einen vertrockneten Ast getreten! Das Geräusch hallt durch die totenstille Nacht wie ein Kanonenschlag, und innerhalb von Sekundenbruchteilen seid ihr von knurrenden, vierbeinigen Schatten umringt. Ein aufgerissenes Maul mit dolchartigen Reißzähnen ist das Letzte, was du in diesem Leben siehst. Dein Abenteuer endet hier.

4 Noch bevor dein Warnruf verhallt ist, schwingt ein gewaltiger, an dicken Lianen befestigter Baumstamm auf euch zu. Er ist so breit wie der Pfad, und auf der euch zugewandten Seite hat jemand lange Holzspitzen angebracht! Instinktiv wirfst du dich zu Boden – gerade noch rechtzeitig. Der zentnerschwere Stamm zischt haarscharf über dich hinweg. Du lässt ihn auspendeln, dann hebst du den Kopf. Erleichtert erspähst du Bolko, der kaum zwei Schritte entfernt ebenfalls auf dem Boden liegt, bibbernd wie Espenlaub. Auch ihm ist nichts passiert.

Du rappelst dich hoch und willst ihm aufhelfen, da beginnt es im Unterholz ringsum zu rascheln. Dutzende winzige Männer springen aus dem Dickicht hervor. Sie reichen dir kaum bis zur Brust, haben dunkelgrüne Haut und tragen nichts am Leib außer einem Lendenschurz. Ihr langes, verfilztes Haar reicht fast bis auf den Boden herab. Als sie Bolko und dich erblicken, halten sie überrascht inne. Ein mit zahlreichen hölzernen Arm- und Halsreifen geschmückter Pygmäe tritt vor, offenbar der Häuptling des Stammes.

»Wir euch bitten um Verzeihung, Fremde«, erhebt er die Stimme. »Wir Falle nicht geschaffen, um unschuldigen Reisenden zu schaden. Mein Volk in Angst lebt vor schrecklichen Funghuiden, die hausen nicht weit von hier. Wir schützen müssen alle Wege zu unserem Dorf.«

»Funghuiden?«, wiederholst du fragend.

Der Anführer der grünen Männer nickt heftig. »Bösartige Pilzwesen, älter als Menschheit. Seit Jahrtausenden leben im Wald von Kwalm, machen Waldvolk Platz zum Leben streitig.«

»Pilzwesen, so ein Humbug«, faucht Bolko und klopft sich wütend den Schmutz von den Kleidern. »Ihr Winzlinge hättet um ein Haar meinen Prachtkörper durchlöchert! Wenn ich nicht so gut erzogen wäre, würde ich euch den Hintern versohlen.«

Der Häuptling verneigt sich so tief, dass sein langes Haar über den Boden streift. Er winkt zwei seiner Männer heran und tuschelt mit ihnen, woraufhin sie im Gebüsch verschwinden. Wenig später sind sie zurück, die Arme voll beladen mit großen, violett schillernden Früchten. »Diese Lommiaks als Geschenk nehmt und uns verzeiht, Fremde«, bittet der Häuptling und deutet auf das Obst.

Die Aussicht auf etwas zu essen macht Bolko schlagartig zum nachsichtigsten Menschen von ganz Monravia. »Vergeben und vergessen!«, ruft er und stürzt sich auf das Obst. Auch du lässt dir die süßen, saftigen Früchte schmecken, während euch der Häuptling noch einmal eindringlich vor den monströsen Funghuiden warnt, die auf den ersten Blick nicht von riesigen Pilzen zu unterscheiden seien. Als du satt bist, verstaust du die letzte verbliebene Lommiak-Frucht in deinem Rucksack, bevor Bolko auch sie noch verschlingen kann. (Vermerke sie auf deinem **Abenteuerblatt**.) Dann verabschiedest du dich von den grünen Männern, und ihr macht euch auf den Weg zurück zur letzten Abzweigung.

Schon bald werden die Tierlaute im Dickicht wieder leiser. Als ihr den überwucherten Trampelpfad nach Süden erreicht, ist es einmal mehr totenstill. Weiter bei **104**.

5 Als erneut ein Fauchen aus der Gasse dringt, dämmert dir, worum es sich handelt: Es sind tatsächlich Ratten, und die Laute sind Worte ihrer kehligen Sprache. Aber sie klingen ungewohnt tief. Die Tiere, die sich da jenseits der Nebelschleier miteinander verständigen, müssen riesig sein!

»*... stehen die beiden Narren immer noch vorne an der Abzweigung herum*«, entnimmst du der nächsten Folge von Fauchlauten. »*Sie sind nicht sonderlich groß und offenbar unbewaffnet.*«

»*Sehr gut*«, erwidert eine zweite Rattenstimme von der anderen Seite der Gasse. »*Bleibt ganz ruhig, bis sie näher heran sind. Dann stürzen wir uns auf sie, beißen ihnen die Kehlen durch und bringen sie in den Bau. Das gibt ein Festmahl! Allein der kleine Fette wird zwei Dutzend von uns satt machen.*«

Dir stellen sich die Nackenhaare auf. Im Handumdrehen hast du Bolko an der Schulter gepackt und ihn ohne lange Erklärungen nach rechts in die Abzweigung gedrängt, fort von diesem Hinterhalt. In eurem Rücken vernimmst du ärgerliche und enttäuschte Knurrlaute, aber die Bewohner der dämmrigen Gasse wagen sich nicht aus ihrer Deckung hervor, um euch zu verfolgen. Weiter bei **135**.

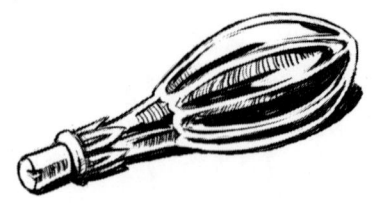

6 Im Laufen nestelst du die Karte des Eislabyrinths aus der Tasche, die du an Bord der RIESENZWERG von Diavlik erhalten hast. Mithilfe des Plans bereitet es dir keinerlei Probleme, den Ausgang des Irrgartens zu finden. Ohne lange überlegen zu müssen, hetzt ihr um Kurven, biegt in Abzweigungen und wetzt über Kreuzungen. So gelingt es euch, den Abstand zu euren Verfolgern immer mehr zu vergrößern. Weiter bei **43**.

7 Die Augen der Männer weiten sich ungläubig, als du die korrekte Losung nennst. »Verflixt! Und ich hätte gewettet …«, murmelt Warzennase. Doch er tritt beiseite und macht euch Platz.

»Gute Geschäfte in Sloggart«, wünscht Narbengesicht und winkt euch mit einer zackigen Bewegung herein. Rasch, bevor sie es sich anders überlegen, tretet ihr durch das Tor und folgt einer schmalen Gasse in den Nebel. Weiter bei **146**.

8 In aller Seelenruhe, so als müsse er überhaupt nicht nachdenken, setzt dein Gegner seinen zweiten Kiesel auf das Brett:

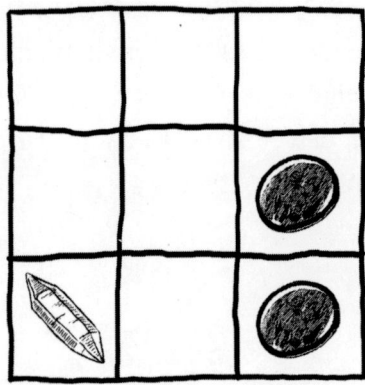

Dadurch besteht jetzt die Gefahr, dass der Dämon eine Dreierreihe schließen kann. Rasch setzt du deinen Kristall in das Feld rechts oben. Weiter bei **196**.

9 Noch während des Rückwegs zur Großen Allee bricht die Dämmerung herein. Als ihr die Straße erreicht, steht der Mond hoch am Himmel. Am Fuß des steinernen Wegweisers legt ihr euch nieder und fallt sofort in einen tiefen Schlaf. Der folgende Morgen ist sonnig und warm. Trotzdem gelingt es dir nur mit Mühe, deinen Vetter zum Aufstehen zu bewegen. Weiter bei **243**.

10 Mit zitternden Händen übergibst du Brancus' Kym, was sich in deinem Rucksack befindet. (Streiche *sämtliche* Gegenstände von deinem **Abenteuerblatt** außer deinem Wanderstock und deinem Dolch, der dem Räuberhauptmann zu mickrig ist.) Wenngleich die Gesetzlosen von ihrer Beute alles anders als begeistert sind, halten sie Wort und bringen euch nicht um. Unter hämischem Lachen wünschen sie euch weiterhin eine gute Reise, bevor sie über die Große Allee in nördliche Richtung davonziehen. Niedergeschlagen starrst du ihnen nach, bis sie in der Ferne verschwunden sind. Da ertönt dicht hinter dir plötzlich ein helles Stimmchen: »Verflixt! Sieht aus, als wäre ich zu spät gekommen, wie?« Überrascht drehst du dich um. Weiter bei **95**.

11 »Korrekt«, brummt Gorgoloss enttäuscht. »Schade.« Bevor du dich noch richtig freuen kannst, dass du soeben euer aller Leben gerettet hast, ruckt der massige Schädel des Drachen wieder vorwärts. »Jetzt *du*, Winzling!«, zischt er lauernd. »Stell mir deine Frage!« Du massierst dir die Schläfen und kramst fieberhaft in deinem Gedächtnis nach einem originellen Rätsel …

aber dir fällt nichts ein! Da spürst du auf einmal, wie Bolko dich aufgeregt am Ärmel zupft: »Lass mich! Ich weiß was«, flüstert er.

Willst du es deinem Vetter überlassen, Gorgoloss eine Rätselfrage zu stellen (weiter bei **98**), oder zermarterst du dir lieber noch etwas länger das Gehirn, auch auf die Gefahr hin, dass dir vielleicht nichts einfällt (**184**)?

12 Stunde um Stunde folgt ihr der Großen Allee am westlichen Saum des Waldes entlang. Schließlich bricht die Dämmerung herein, und bald funkeln unzählige Sterne über euren Köpfen. Ihr haltet an und schlagt ein Stück abseits der Straße ein Nachtlager auf. Im Schein eines kleinen Lagerfeuers esst ihr etwas (reduziere den Zwiebackvorrat auf deinem **Abenteuerblatt** um eine Ration), dann legt ihr euch schlafen. Mitten in der Nacht wirst du durch eigenartige Geräusche geweckt. Zuerst glaubst du, es wäre Bolko, der neben dir schnarcht. Dann jedoch fällt dir auf, dass die Laute eher wie *Schnüffeln* klingen. Außerdem scheinen sie aus verschiedenen Richtungen zu kommen. Vorsichtig öffnest du ein Auge – und erkennst kaum drei Schritte entfernt, vom Mondlicht fahl erhellt, eine zottiges, vierbeiniges Tier mit langer Schnauze und dolchartig vorstehenden Reißzähnen. Ein Säbelzahnwolf! Ein rascher Rundblick zeigt dir, dass sich ein ganzes Rudel dieser blutrünstigen Räuber im Schutz der Dunkelheit vom Waldrand herübergeschlichen hat, um sich Bolko und dich als Mitternachtsimbiss zu genehmigen. Verfügst du über das Talent TIERSPRACHE? Wenn ja, weiter bei **57**, wenn nicht, bei **115**.

13 Du eilst in die Richtung, aus der du glaubst, den Hilferuf vernommen zu haben. Im Laufschritt umrundest du zwei Steinsäulen – und hältst überrascht inne. Am Fuß einer Felsnadel hockt zusammengesunken ein Junge, ungefähr in deinem Alter, der mit einem Lendenschurz und einem ledernen Brustpanzer bekleidet ist. Bei genauerer Betrachtung unterscheidet er sich jedoch beträchtlich von allen anderen Jungen, die du je gesehen hast: Zwischen seinen Schulterblättern sitzt ein Paar riesiger Flügel, ein gebogener, gelblicher Schnabel ersetzt Nase und Mund, und sein ganzer Körper ist von einem fliederfarbenen Federkleid bedeckt. Mit schmerzverzerrtem Gesicht hält das Wesen seinen Unterschenkel umklammert, in dem eine hässliche Bisswunde klafft. Wenige Meter entfernt kauert ein gut drei Meter langes, graues Geschöpf auf dem Boden. Sein Körperbau erinnert an ein plumpes Krokodil mit sechs Beinen, und von den spitzen Zähnen in seinem eckigen Maul tropft Blut – das des geflügelten Jungen. Bei der Echse handelt es sich um einen Felsbeißer, eine gefräßige Reptilienart, die in den meisten felsigen Gebieten Konduulas vorkommt. Der Junge schwebt in großer Gefahr, du musst ihm helfen! Willst du Felsbrocken vom Boden auflesen und sie nach dem Tier werfen, um es zu vertreiben (weiter bei **2**)? Oder versuchst du, den Felsbeißer von seinem verletzten Opfer fortzulocken (**124**)? Verfügst du über das Talent TIERSPRACHE, lies weiter bei **106**.

14 Zitternd schlägst du den schwarzen Einband an einer zufälligen Stelle auf und schleuderst dem heranrasenden Ungetüm Silben der erstbesten Zauberformel entgegen, die dir unterkommt. Bange Augenblicke fürchtest du, nichts würde geschehen. Doch da steigen tiefschwarze Wolken aus dem aufgeklappten Buch empor. Die Eisschlange hält verwirrt inne, als sich aus den wirbelnden Massen ein gewaltiger, vierarmiger Umriss formt. Du hast einen Rauchelementar heraufbeschworen, einen mächtigen Naturdämon! Winselnd weicht die Schlange vor dem übermächtigen Gegner zurück.

Du willst schon in Jubel ausbrechen, da wendet sich die schwarze Gestalt plötzlich um und kommt mit ausgebreiteten Armen auf dich zu. Fatalerweise bist du kein ausgebildeter Zauberer und hast die zur Kontrolle des Elementargeists notwendigen Zeilen der uralten Formel ausgelassen! Frei von allen magischen Zwängen kann der Dämon nun tun, was er am liebsten mag: töten. Wirbelnde Schwärze umfängt dich, gierige Raucharme greifen nach dir und quetschen gnadenlos das Leben aus dir heraus. Gibt es noch Hoffnung für Konduula? Du wirst es nie erfahren …

15 Ruckartig drehst du den Kopf und siehst gerade noch, wie sich ein fingerlanges, gelb-schwarzes Insekt von deinem Hinterteil in die Luft erhebt und davonschwirrt. Eine Hornisse! Während Bolko neben dir panisch zu kreischen beginnt, steigt aus einem klebrigen, grauen Klumpen, der an einem Baumstamm über euch hängt, ein ganzer Schwarm der aggressiven Insekten auf. Ihr habt euch direkt unter einem Hornissennest niedergelassen! So schnell ihr könnt, rennt ihr zur Straße zurück, dicht gefolgt von einer Wolke summender Verfolger. Bolko, wie stets ein Stück hinter dir, stößt spitze Schreie aus, während er Stich um Stich abbekommt. Erst nach einer ganzen Weile gelingt es euch, die wütenden Insekten abzuschütteln. Als ihr keuchend euer Tempo verlangsamt, musst du feststellen, dass die schmerzhaften Stiche längst nicht alles sind, was euch widerfahren ist: Auf der überstürzten Flucht ist ein Teil deiner Ausrüstung aus deinem Rucksack gepurzelt und auf Nimmerwiedersehen verloren gegangen. (Streiche einen beliebigen Gegenstand von deinem **Abenteuerblatt**.) Wütend über deine Unachtsamkeit folgst du der Straße nach Süden. Weiter bei **54**.

16 Mit zitternden Fingern legst du dir die Kette mit dem schweren Steinamulett um den Hals und sprichst das komplizierte Wort, das der weise Mansinius dir verraten hat. Für bange Sekunden geschieht nichts. Du kneifst die Augen zusammen, fürchtest schon, dass sich die Kiefer der Riesenschlange um deinen Körper schließen ... da vernimmst du plötzlich ein dumpfes Knirschen. Du öffnest die Augen, und dein Herz macht einen Sprung: Mit eckigen Bewegungen beginnt sich die riesige Eisskulptur des Elbenherrschers am anderen Ende der Grotte zu recken und zu strecken! Die Magie des Golemiten hat dem unbelebten Eis Leben eingehaucht. Während die Schlange unsicher innehält und sich umwendet, wirft dir der gigantische Eis-Elb einen fragenden Blick zu. Er erwartet Befehle seines Meisters – und dieser Meister bist du!

»Rette uns vor dieser Kreatur!«, rufst du mit bebender Stimme. Die Statue gehorcht aufs Wort. Mit gewaltigen Schritten stampft sie auf die Schlange zu, die fauchend auf den Angreifer losfährt. Binnen Sekunden liegen die beiden ungleichen Gegner ringend am Boden. Die Schlange umschlingt die magisch belebte Skulptur und versucht, ihr die Luft abzudrücken – natürlich vergeblich. Dann gelingt es dem Eiskrieger, die Kiefer der Schlange zu packen. Ruckartig reißt er ihren Kopf nach hinten, ein Krachen ertönt, als würde ein Baum vom Blitz gespalten, und die Schlange erschlafft in seinem Griff. Sie ist tot.

Der Elbenherrscher richtet sich auf und sieht dich von Neuem fragend an. Du willst ihm gerade befehlen, zu seinem Sockel zurückzukehren, da tippt Kjara dir aufgeregt auf die Schulter. »Das Zauberstabstück«, zischt sie.

Sofort forderst du die Statue auf, das Stück vom Zauberstab Zardrus aus ihrer Krone zu brechen und dir zu bringen. Dann erst nimmst du den Golemiten vom Hals, woraufhin die Statue wieder zu dem wird, was sie eigentlich ist: zu einem leblosen, kalten Eisklotz.

»Wir haben es!«, jubelt Bolko an deiner Seite. Mit offenem Mund starrst du das runde, an einem Ende gesplitterte Holzstück an, das, wie du feststellst, von 20 geschnitzten Ringen geschmückt wird. Überglücklich steckst du es in deinen Rucksack. (Vermerke das Stabstück sowie sein genaues Aussehen auf deinem **Abenteuerblatt**.)

»Wie geht's jetzt weiter?«, erkundigst du dich. »Durch das Labyrinth können wir nicht zurück. Da wimmelt es noch immer von Eis-Elben.«

»Lasst es uns dort entlang probieren«, schlägt Kjara vor und schwebt zu einem schmalen Durchgang in der hinteren Wand der Grotte. Weiter bei **73**.

17 »Bist du noch bei Trost? Unsere Vorräte müssen möglicherweise eine ganze Weile reichen«, rufst du aufgebracht.

»Na und? Dann kehren wir unterwegs eben in einer Gaststube ein«, erwidert Bolko stur. »Und überhaupt: Wie redest du eigentlich mit mir? Ich bin *Bolko der Große* und du bloß mein Handlanger, vergiss das nicht!« Er verschränkt die Arme über seinem dicken Bauch und sieht dich hochnäsig an.

Dir liegen gleich mehrere wütende Erwiderungen auf der Zunge, aber du schluckst sie herunter. Streiten führt zu nichts, nur zusammen könnt ihr eure wichtige Aufgabe bewältigen. Ruhig versuchst du Bolko klar zu machen, dass Marlara von einem »Helden« wie ihm gewiss erwarten würde, dass er sich seine Verpflegung weise einteilt.

Wie du erwartet hast, überzeugen solche Schmeicheleien deinen eitlen Vetter rasch, und nach einer kurzen Verschnaufpause macht ihr euch wieder auf den Weg – ohne zu essen. Weiter bei **156**.

18 Ein gehässiges Kichern dringt zwischen den knochigen Kiefern Mal-Swoobs hervor, als er seinen nächsten Kiesel setzt:

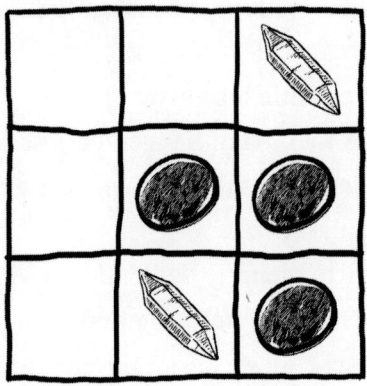

Mit Schweißperlen auf der Stirn erkennst du, dass du einen Fehler gemacht hast: Du kannst den Dämon nicht mehr am Gewinnen hindern! Weiter bei **133**.

19 »Port Empeg ist ein Handelsstützpunkt. Jeden Tag löschen hier Schiffe aus den verschiedensten Ländern ihre Ladung«, erläutert Kjara und deutet zu den hölzernen Anlegestegen. Mehrere Schiffe mit hohen Masten und gerefften Segeln liegen dort vertäut und werden von kräftigen Hafenarbeitern be- oder entladen. Ihr seht dem emsigen Treiben eine Weile zu, dann gebt ihr Bolkos Drängen nach und kehrt in einem Wirtshaus ein, um euch zu stärken und euren weiteren Weg zu planen. Während des Essens fällt dir auf, dass die Stimmung um euch herum seltsam bedrückt wirkt. Nicht einmal der Wein, der an vielen Tischen getrunken wird, vermag die düsteren Mienen der anderen Gäste aufzuhellen. Möchtest Du Kjara bitten, unauffällig ein wenig um die Tische zu flattern, um aus den Gesprächen eurer Tischnachbarn den Grund dafür zu erfahren, weiter bei **245**. Willst du dich stattdessen unter den Gästen nach jemandem umsehen, der den Eindruck erweckt, er könnte etwas über den Aufenthaltsort der Teile von Zardrus Zauberstab wissen, weiter bei **94**.

20 Enttäuscht holst du das einzige Bruchstück des Zauberstabs aus deinem Rucksack, das du gefunden hast. Ihr habt versagt. Ein Teil reicht nicht aus, um Konduula zu retten! Weiter bei **162**.

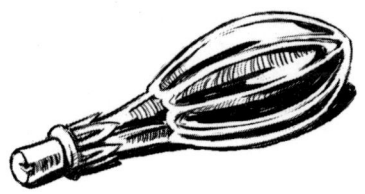

21 Nach einer Weile knickt der Pfad nach links ab und führt in südlicher Richtung weiter. Bald darauf beginnt sich der Wald um euch herum zu verändern: Immer öfter dringt helles Sonnenlicht durch das Blätterdach, und bald hörst du Vögel in den Baumkronen zwitschern. Ein Stück weiter erspäht Bolko plötzlich etwas in den Büschen am Wegesrand. In der Hoffnung auf etwas Essbares eilt er hinüber, reckt schnüffelnd die Nase – und fährt mit einem Aufschrei zurück: *»Iiiiihh! Da sind die Knochen von jemand!«*

Tatsächlich hat Bolko ein menschliches Skelett entdeckt, das, überwuchert von Unkraut und Wurzeln, offenbar schon längere Zeit neben dem Pfad liegt. Die Knochen sind von Wind und Wetter blankgeputzt und ausgeblichen. Quer über dem Brustkorb liegen die zerfledderten Überreste eines Rucksacks. Möchtest du die ehemaligen Besitztümer des Bemitleidenswerten durchsuchen (weiter bei **209**), oder lässt du lieber alles, wie es ist, und setzt deinen Weg fort (**67**)?

22 »Ich danke euch!«, ruft der gefiederte Junge überschwänglich. »Ich heiße Hlal und bin der Sohn des Fürsts der Vogelmenschen von Brekkh. Ihr habt mir das Leben gerettet.« Eine rasche Untersuchung ergibt, dass Hlals Beinwunde nicht so schlimm ist, wie es zunächst den Anschein hatte. Sie blutet allerdings noch immer, weswegen der Fürstensohn sich umgehend in die Obhut der Heiler seines Volkes begeben möchte. Kurzerhand breitet er seine Schwingen aus und erhebt sich mit kraftvollen Flügelschlägen in die Luft. »Mein Vater wird sich für meine Rettung erkenntlich zeigen«, ruft er euch zu, während er rasch an Höhe gewinnt. »Er ist ein gütiger und großzügiger Mann!«

»Aber wo finden wir denn deinen Herrn Vater?«, schreit Bolko ihm nach.

»Keine Angst: Wenn ihr euch noch eine Weile in den Fingern von Brekkh aufhaltet, werden seine Männer *euch* finden!« Mit diesen Worten verschwindet Hlal zwischen den Spitzen der steinernen Säulen. *Solltest du auf deinem weiteren Weg dem Fürsten der Vogelmenschen begegnen und gefragt werden, ob du seinen Sohn gerettet hast, addiere 100 zu der Nummer des Abschnitts, an dem du dich dann befindest, und lies dort weiter.* (Notiere dir diesen Hinweis auf deinem **Abenteuerblatt**.)

»Undankbarer Bursche«, beschwert sich Bolko, als ihr weiterzieht. »Hätte uns wenigstens ein paar Körner dalassen können … oder wovon sich dieses Geflügel sonst ernährt.« Weiter bei **206**.

23 Der Dämon stößt ein wütendes Grunzen aus, als er sieht, wohin du deinen Kristall gesetzt hast. Ohne zu zögern, knallt er einen zweiten Kiesel auf das Spielbrett:

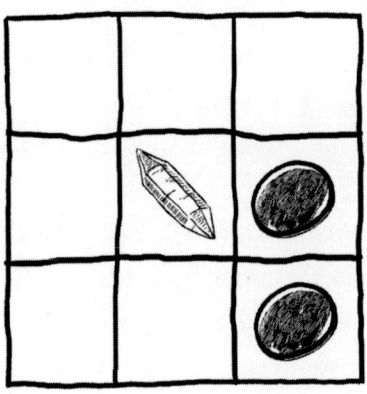

Dir bleibt für deinen nächsten Kristall nur eine Option, wenn du verhindern willst, dass Mal-Swoob eine Dreierreihe schließt. Weiter bei **138**.

24 Du ziehst die schwere Lommiak aus dem Rucksack, die du viele Meilen lang erfolgreich gegen den Appetit deines Vetters verteidigt hast. Du schneidest sie in der Mitte durch und hältst dem alten Diener eine Hälfte hin. Wie ein Verdurstender stürzt er sich darauf, schlürft, nuckelt und saugt, bis kein Tropfen Flüssigkeit mehr darin ist. Du gibst ihm auch die zweite Hälfte, mit der er sich etwas mehr Zeit lässt. Schließlich wischt er sich den faltigen Mund und sieht euch aus großen, traurigen Augen an. »Ich danke euch«, haucht er, nun wieder besser zu verstehen.

Du erkundigst dich, wer er sei, worauf er erzählt, dass er Lurpinek heißt und schon seit über 50 Jahren in diesem Haus als Diener für einen Grafen namens Maczul arbeitet. An dieser Stelle mischt sich Bolko ein. Er will wissen, wieso das Haus einen so verkommenen Eindruck mache, wo doch augenscheinlich noch jemand darin lebe.

Lurpinek seufzt tief. »Ich versuche nach Kräften, alles in Ordnung zu halten. Aber seht mich an, ich bin alt und schwach.«

»Und der Graf?«, hakst du nach. »Macht es ihm nichts aus, dass sein Haus mehr und mehr verfällt?«

Der Diener starrt betrübt zu Boden. »Seit über 20 Jahren haust der Graf zurückgezogen tief unten im Keller und kümmert sich um nichts. Alles nahm seinen Anfang, als er einst spät abends unangemeldet Besuch von einem auffallend blassen Herrn bekam. Seither verbringt er seine Tage schlafend im Finstern. Nur nachts erhebt er sich und verlässt das Haus, um kurz vor der Morgendämmerung zurückzukehren. Den Menschen in der Umgebung ist das nicht geheuer, niemand kommt mehr zu Besuch, niemand liefert uns noch Lebensmittel. Seit Jahren ernähre ich mich von dem, was hinter dem Haus im Gemüsegarten wächst. Und das ist so gut wie nichts.«

»Wieso geht Ihr nicht einfach fort?«, will Bolko wissen.

»Ein Schwur bindet mich«, erklärt Lurpinek. »Ein Vorfahr des Grafen rettete einst meinen Urgroßvater vor dem sicheren Tod. Seither standen alle männlichen Abkömmlinge meiner Familie in den Diensten der Maczuls. Ich kann diese Mauern erst verlassen, wenn der letzte Graf verstorben ist.«

Dich beschäftigt etwas ganz anderes. »Der Graf bekam Besuch von einem auffallend blassen Mann?«, wiederholst du. »Und seither zeigt er sich nur noch bei Nacht?« Als Lurpinek nickt, fährst du fort: »Ist der Graf nach diesem Besuch zufällig ebenfalls leichenblass geworden?« Wieder nickt der alte Diener heftig.

Jetzt fällt sogar bei Bolko der Groschen. »Ein Vampir!«, ruft er erschrocken. »Der Graf ist von einem Vampir gebissen worden, und nun ist er selber ein Blutsauger!«

Als du Lurpineks fragenden Blick bemerkst, erklärst du ihm, was es mit den Untoten auf sich hat, die tagsüber schlafen und nachts den Lebenden das Blut aussaugen. Während du redest, werden die Augen des Alten immer

größer. »Es passt alles zusammen«, keucht er. »Nur …
warum hat sich der Graf nicht schon längst auch meinen
Lebenssaft einverleibt?«

»Vielleicht, weil Ihr dieses Haus, also seinen Zufluchtsort, vor dem endgültigen Verfall bewahrt?«, vermutest
du.

Der Alte sinkt wimmernd auf einem Stuhl zusammen.
»Gefangen an diesem trostlosen Ort, zusammen mit einem Vampir«, greint er. »Und der vermaledeite Schwur
verhindert, dass ich fliehe!«

Willst du dem bemitleidenswerten Diener anbieten, ihn
zu erlösen – was nur möglich wäre, indem du den Vampirgrafen tötest –, weiter bei **242**. Ist dir die ganze Geschichte zu unheimlich, weiter bei **230**.

25 Enttäuscht holst du das einzige Bruchstück des Zauberstabs aus deinem Rucksack, das du gefunden hast. Ihr habt versagt. Ein Teil reicht nicht aus, um Konduula zu retten! Weiter bei **162**.

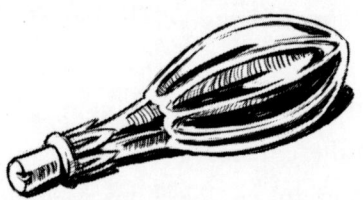

26 Ihr verlasst die Straße und marschiert querfeldein auf die Staubwolke zu. Im Näherkommen erkennt ihr, dass sie von einer Gruppe eigentümlicher Geschöpfe herrührt, die dicht gedrängt über den ausgetrockneten Steppenboden galoppieren. Sie haben die Körper plumper, braun-weiß gescheckter Rinder, die Oberkörper jedoch sind die muskelbepackter Männer. Auch die Gesichter wirken menschlich, allerdings wachsen ihnen geschwungene Hörner aus der Stirn. »Rintauren«, haucht Kjara dicht neben deinem Ohr. »Die Herren der Steppe.«

In diesem Augenblick entdeckt euch der Anführer des Trupps, ein mächtiger Bullenmann. Er schwenkt herum! Die anderen folgen ihm, und schon galoppiert die ganze Herde auf euch zu. Möchtest du Kjara rasch fragen, was es mit diesem Volk auf sich hat (weiter bei **126**), oder erwartest du Ankunft der Mischwesen mit verschränkten Armen und unbewegter Miene (**81**)?

27 Diese Idee ist so dumm, dass sie fast von deinem Vetter stammen könnte. Natürlich haben sich die Räuber sofort nach eurer Flucht aufgeteilt und umrunden das Haus in beiden Richtungen. Als ihr um die nächste Ecke biegt, lauft ihr direkt in die gezückten Messer von Brancus'Kyms Männern hinein.

Wer soll jetzt Konduula retten? ist dein letzter Gedanke, bevor aufblitzender Stahl deinem Leben ein schnelles, schmerzhaftes Ende bereitet. Deine Mission ist gescheitert.

28 Die Rintauren gestatten Bolko und dir, auf ihren breiten Rücken Platz zu nehmen, während Kjara sich ihrerseits auf deine Schulter setzt. So geht es holpernd und schaukelnd in Richtung Osten. Bald schon sind deine Ohren taub vom Donnern der Hufe und dem dumpfen Blöken der Rintauren. Endlich taucht eine Ansammlung schmuckloser Gebäude am Horizont auf – Orlik, die Stadt der Bullenmänner. Ohne abzubremsen trabt ihr durch staubige Straßen, vorbei an rustikalen Lehmbauten mit breiten, offenen Zugängen. Zwarlak, der

Herr des Steppenvolks, residiert in einem plumpen Bauwerk am entfernten Ende des Ortes. Auch hier gibt es weder Tür noch Tor, auf dem Rücken eurer Träger galoppiert ihr kurzerhand direkt in Zwarlaks Gemächer hinein.

Der Steppenfürst lässt sich soeben von einigen Untergebenen das Gehörn polieren. Bei eurem Eindringen blickt er ärgerlich auf. Kaum hört er jedoch vom Grund eures Besuches, scheucht er seine Diener davon. »General Barlok hat weise daran getan, euch zu mir zu bringen«, lobt er den Anführer der Gruppe, die euch aufgegriffen hat. »Denn ich weiß tatsächlich etwas über eines der Zauberstabstücke, die ihr sucht.« Er bittet euch, auf einigen unförmigen Lehmhaufen Platz zu nehmen, bevor er fortfährt: »Wie ihr vielleicht wisst, haust südöstlich unseres Territoriums das sonderliche Volk der Eis-Elben. Wir pflegen keinen Kontakt zu diesen eigenbrötlerischen Wesen, nur alle zehn Jahre verlängern wir einen Nicht-Angriffspakt, der seit Äonen zwischen unseren Völkern besteht. Vor einiger Zeit kam nun ein Reisender aus dem Südosten zu uns. Er war schwer verwundet, nur mit Mühe konnte er sich auf dem Rücken seines Pferds halten. Barloks Männer griffen ihn auf und brachten ihn her. Doch unsere Heiler konnten ihm nicht helfen, er erlag wenig später seinen Verletzungen. Bevor er starb, berichtete er, er komme vom Plateau von Ann'Tonn, wo er Gast der Eis-Elben gewesen sei. Eines Nachts habe ihn die Neugier übermannt, und er habe sich in das verbotene

Labyrinth im Innern des Plateaus geschlichen. Die Eis-Elben bemerkten es, verfolgten den Mann und verwundeten ihn. Bevor er mit knapper Not entkam, sah er tief in diesem Irrgarten etwas, das seiner Beschreibung nach nur eins gewesen sein kann: ein Bruchstück vom Zauberstab König Zardrus! Die Eis-Elben haben es in ein riesiges Götzenbild eingearbeitet, das sie verehren und anbeten.«

Endlich ein Hinweis, denkst du und bedankst dich bei Zwarlak für die wertvolle Information. Du willst dich eben zum Gehen wenden, als dir etwas einfällt, das der Herrscher gerade erwähnt hat: Offenbar gibt es unter den Rintauren Heilkundige, die Krankheiten kurieren können. Falls du momentan an einer Beeinträchtigung leidest, weil du von einem verfluchten Trank gekostet hast, könntest du Zwarlak bitten, ob dich seine Heiler von diesem Problem erlösen können (weiter bei **87**). Ist dies nicht der Fall, weiter bei **139**.

29 Kjara landet hastig auf deiner Schulter, und eine Sekunde später steht ihr alle drei steif wie die Stecken. Mit angehaltenem Atem beobachtet ihr, wie der Basilisk seinen Schnabel öffnet und ausgiebig gähnt. Dann blinzelt er träge und mustert mit faustgroßen, gelblich-trüben Augen seine Umgebung ... ohne in eure Richtung zu blicken! Offenbar reagieren diese Tiere nur auf Geräusche und Bewegungen. Der Basilisk gähnt erneut, dann setzt er sich in Bewegung. Ungerührt tapst er an euch vorbei und verschwindet um eine Flanke des riesigen Schlammhügels. Endlich wagst du, wieder zu atmen.

»Verflixt, das war knapp«, haucht Kjara neben deinem Ohr. »Wenn uns das Monster direkt angesehen hätte, würden wir jetzt wie all die anderen Bemitleidenswerten hüfttief im Matsch stecken – als leblose Steinfiguren!«

»Lasst uns verduften, bevor dieses verkappte Hähnchen wiederkommt«, empfiehlt Bolko, dem wie üblich völlig entgangen ist, wie brenzlig die Situation war. Möchtest du den großen Hügel verlassen, bevor der Basilisk zurückkehrt (weiter bei **56**)? Oder nimmst du zuvor den Riss in der Flanke der Erhebung genauer in Augenschein (weiter bei **187**)?

30 Nachdem ihr etwa eine Stunde marschiert seid, zeichnet sich vor euch im fahlen Mondlicht der Umriss eines verwitterten Wegweisers ab. Auf einem nach Westen weisenden Pfeil sind die Buchstaben ALVO-NA zu entziffern. Ein schmaler gepflasterter Weg führt in die angegebene Richtung. »Alvona, die Stadt der Alven«, erinnerst du dich an Marlaras Worte.

»Ich finde, für heute sind wir weit genug gelaufen«, findet Bolko. »Lass uns eine Mütze Schlaf nehmen, bevor wir weiterziehen.« Ausnahmsweise kannst du deinem Vetter nicht widersprechen – auch du magst heute keinen Schritt mehr tun. So legt ihr euch am Rand der Straße nieder und seid bald fest eingeschlafen.

Als du am folgenden Morgen, nichts Böses ahnend, die Augen aufschlägst, starrst du mitten in die pickligen, unrasierten Visagen von fünf Männern, die im Kreis um euch herumstehen. Jeder von ihnen trägt ein Messer oder einen Knüppel bei sich, ihr Anführer scheint ein breitschultriger Koloss mit fettigem Haar und einer schwarzen Klappe über dem linken Auge zu sein. »O-hooo, wen haben wir denn hier?«, fragt der Einäugige lauernd.

Bist du dieser Räuberbande schon einmal begegnet, lies weiter bei **77**. Andernfalls weiter bei **227**.

31 Mit einem Schrei springst du auf. Im selben Augenblick nimmst du eine verstohlene, *schlängelnde* Bewegung unter dem Laub wahr, genau dort, wo du gesessen hast. Entsetzt schiebst du mit deinem Wanderstab ein paar lose Blätter beiseite – und erkennst, dass ihr euch in der Eile genau auf einem Nest Waldvipern niedergelassen habt, einer kleinen und besonders giftigen Schlangenart! Natürlich haben die Biester euch sofort gebissen – Bolko in den Fuß, dich in den Allerwertesten. Während Bolko unter lautstarkem »Oneinoneinonein!« auf einem Fuß herumhüpft und den anderen fest umklammert hält, überlegst du, was jetzt zu tun ist. Wenn du dich richtig an die Worte des alten Dorfheilers von Roog erinnerst, tötet das Gift der Waldviper innerhalb von 24 Stunden. Ihr müsst demnach versuchen, vor Ablauf dieser Zeit ein Heilmittel zu beschaffen, sonst ist es um euch geschehen! *Zähle von nun an alle Abschnitte, die du passierst, indem du für jeden einen Strich auf dein* **Abenteuerblatt** *machst. Kommen zehn Striche zusammen, bevor ihr ein Gegenmittel findet, zeigt das Gift Wirkung und setzt eurem Leben ein tragisches Ende. In diesem Fall musst du ohne weitere Aufforderung das Buch schließen und bei Abschnitt 1 einen neuen Versuch unternehmen, Konduula zu retten. Findet ihr dagegen vor Ablauf von zehn Abschnitten eine Medizin gegen das Viperngift, wird dir der Text mitteilen, dass ihr geheilt seid und du mit dem Zählen aufhören kannst.*

Jammernd hüpft Bolko hinter dir her zur Straße zurück. Der geheimnisvolle Reiter ist längst in der Ferne verschwunden, und während ihr in südlicher Richtung weiterzieht, verfluchst du dich im Stillen für deine übertriebene Vorsicht. Weiter bei **54.**

32 Du legst dir die Kette mit dem steinernen Amulett um den Hals und sprichst das magische Wort, um die in der Rune des Golemiten gebannten Energien zu wecken. Sofort erwärmt sich der Stein auf deiner Brust, und einen Augenblick darauf vernimmst du ein vielfaches, trockenes Knirschen. Erstaunt spähst du durch die flatternde Wolke der Blutsauger – und stellst begeistert fest, dass die Heldenstatuen, die entlang der Galerie aufgereiht stehen, eine nach der anderen zum Leben erwachen!

»Was hast du gemacht?«, stammelt Bolko neben dir. Statt ihm zu antworten, erteilst du den Statuen per Gedanken den Befehl, eure geflügelten Angreifer in die Flucht zu schlagen. Sofort lassen die steinernen Krieger, ihre Schwerter, Äxte und Morgensterne in rasendem Tempo durch die Luft wirbeln. Ein ohrenbetäubendes Kreischen und Fiepen ertönt, zerschmetterte Fledermauskörper regnen zu Boden. Irritiert ziehen sich die Flattertiere zurück, formieren sich neu, fliegen einen zweiten Angriff – diesmal gegen die Steinfiguren. Doch weder ihre Klauen noch ihre Fangzähne vermögen den Skulpturen etwas anzuhaben. Erneut wird die ihre Zahl massiv reduziert. Schließlich ziehen sich die verbliebenen Vampirfledermäuse durch das Loch in der Decke zurück. Erleichtert nimmst du den Golemiten vom Hals. Augenblicklich gefrieren die Krieger in der Bewegung und werden wieder zu bewegungslosen Standbildern.

»Das war klasse«, ruft Bolko begeistert. »Lass mal sehen, dein Zauberdings!« Du hältst ihm den Golemiten hin, doch im selben Moment zerbröselt das Amulett zwischen deinen Fingern zu Staub! Offenbar hast du seine letzten Energien verbraucht. (Streiche den Golemiten von deinem **Abenteuerblatt**.) Aus Angst, dass die Vampirfledermäuse zurückkehren könnten, verlasst ihr hastig die Galerie. Du marschierst gerade durch die Eingangshalle auf den Ausgang zu, als Bolko hinter dir an dem kleinen Durchgang anhält und halbherzig die enge Treppenflucht hinabdeutet, die dahinter in die Tiefe führt. »Vielleicht gibt es da unten einen Vorratskeller?«, haucht er und hält sich den knurrenden Bauch. Tust du ihm den Gefallen und erkundest das Untergeschoss, weiter bei **210**. Bestehst du hingegen darauf, von hier zu verschwinden und zur Großen Allee zurückzukehren, weiter bei **30**.

33 Ihr mobilisiert eure letzten Kräfte und rennt um euer Leben. Da taucht vor euch eine feucht glänzende Wand aus purem Eis auf. Ihr seid in eine Sackgasse geraten! Schon nähern sich von hinten hektische Schritte, dann biegen eure Verfolger um die Ecke und reißen triumphierend ihre Speere in die Höhe … Weiter bei **41**.

34 »Siehst du?«, sagst du zufrieden. »Ich hab dir doch gesagt, du wirst noch froh sein, wenn wir später etwas zu essen übrig-« Doch Bolko hat längst belegte Brote, kaltes Hühnchenfleisch, Kuchen und süße Binnli-Beeren aus seinem Rucksack gezerrt und schlingt alles wild in sich hinein. Du selbst knabberst etwas Zwieback (streiche eine Portion von deinem **Abenteuerblatt**) und beobachtest skeptisch, wie Bolko in Höchstgeschwindigkeit seinen kompletten Proviant verschlingt. *Wovon soll dieser Gierschlund bloß in den kommenden Tagen satt werden?*, denkst du kopfschüttelnd, bevor du dir von dem Händler ein paar Decken borgst und dich dicht beim Feuer zum Schlafen niederlegst. Weiter bei **231**.

35

Du packst Bolko an der Schulter und zerrst ihn von der Straße und hinter einen Holunderbusch. »Spinnst du? Was soll denn das?«, zischt Bolko. Da donnern die Hufschläge des fremden Reiters heran. Sekunden später galoppiert ein Mann mit wallendem Umhang auf einem mächtigen Streitross vorüber. Du hörst ein gedämpftes »*Heyyy!*«, als er sein Ross antreibt, dann ist die Gestalt in nördlicher Richtung verschwunden.

»Mann … *der* sah aber mal fies aus«, findet Bolko und richtet sich umständlich im Gebüsch auf. »Gut, dass er uns nicht … AU! Ahhh, verflixt, was ist denn das?« Erstaunt beobachtest du, wie dein Vetter aufspringt und wild mit seinen kurzen Armen um sich schlägt. Bevor du ihn fragen kannst, was passiert ist, verspürst du plötzlich einen schmerzhaften Stich in die Kehrseite! **Befrag das Schicksal:** Erhältst du ᚠ, ᛈ, ᛏ, ᚱ, ᚾ oder ᛉ, weiter bei **31**, bei jeder anderen Rune bei **15**.

36 Als du deinen Rucksack öffnest und hineinschaust, glaubst du, deinen Augen nicht zu trauen: Er ist leer! Alles, was sich darin befunden hat, ist verschwunden. Diavlik muss, während du fasziniert die Karte gemustert hast, deinen Rucksack aufgeschnürt und dich bestohlen haben.

Wutentbrannt reißt du die Tür zum Aufenthaltsraum auf, dicht gefolgt von Kjara – und fährst schockiert zurück: Auf dem Platz, wo vor wenigen Augenblicken noch der kleine, geduckte Mann saß, der sich Diavlik nannte, kauert jetzt eine gehörnte Gestalt mit knallroter Haut, ledrigen Schwingen und einem gepfeilten Schwanz! Grinsend wühlt die Kreatur in einem Haufen von Gegenständen, in denen du dein Hab und Gut erkennst sowie weitere Dinge, die vermutlich aus dem Besitz der anderen Passagieren stammen. Als das Wesen Kjara erblickt, verzieht sich sein Gesicht voller Hass. Ein hohes Kreischen dringt aus seinem mit nadelspitzen Zähnchen besetzten Maul. »*Alvenbrut!*«, heult es, reißt das Fenster auf und flattert taumelnd in den Regen hinaus.

»Was … was war denn das?«, hauchst du verwirrt. »Und was ist aus Diavlik geworden?«

»Das *war* Diavlik. Ein Teufling«, erwidert Kjara und landet auf dem Tisch zwischen dem Diebesgut. »Eine Kreatur der Unterwelt, die menschliche Gestalt angenommen hat, um Unschuldigen böse Streiche zu spielen und sich am Leid seiner Opfer zu weiden. Ein Glück, dass er die

Flucht ergriffen hat! Diese Burschen können mitunter ganz schön lästig werden.«

»Aber wieso ist er …«

»Geflohen? Die Teuflinge hassen uns Alven seit Anbeginn der Zeit. Sie können unsere Gegenwart nicht ertragen.« Kjara deutet auf deine Besitztümer und grinst. »Steck dein Zeug wieder ein. Ich habe das Gefühl, unsere Mitreisenden werden heilfroh sein, wenn wir ihnen ihre Wertsachen zurückgeben …« Weiter bei **99**.

37 Wie ein endloses Band schlängelt sich die Große Allee durch die Eintönigkeit der kargen Steppenlande dahin. Zum Glück hat Kjara daran gedacht, Lebensmittelvorräte aus Alvona mitzunehmen, die sie mittels Alvenmagie auf einen Bruchteil ihrer normalen Größe verkleinert hat. So kann sie Brot, Schinken, Zwieback und mehrere Wasserschläuche bequem in ihrem winzigen Hüftbeutel mitführen, wo der Proviant zudem vor deinem gefräßigen Vetter sicher ist.

Am Mittag des zweiten Tages erspähst du am östlichen Horizont eine wirbelnde Staubwolke, die sich langsam in eure Richtung zu bewegen scheint.

»Könnte eine Herde von irgendwelchen Tieren sein«, murmelt Bolko, dankbar für die kurze Verschnaufpause. Möchtest du von der Straße abweichen, um die Erscheinung näher in Augenschein zu nehmen (weiter bei **26**), oder ziehst du es vor, die Wolke nicht zu beachten und weiter nach Süden zu ziehen (**211**)?

38 Polternd kommt der Planwagen über das unebene Kopfsteinpflaster heran. Er wird von zwei Maultieren gezogen, auf dem Kutschbock sitzt ein dicker Mann mit Halbglatze in einem weiten braunen Gewand.

Hinter ihm, unter der bogenförmigen Stoffabdeckung seines Wagens sind Obstkisten, prall gefüllte Säcke und diverse Holztruhen zu erkennen. Es scheint sich tatsächlich um einen fahrenden Händler zu handeln. Als der Mann euch sieht, hält er an und bedenkt euch mit einem fragenden, nicht unfreundlichen Blick. Bevor du ein Wort des Grußes loswerden kannst, tritt Bolko bereits auf den Fremden zu und holt tief Luft. Willst du ihn das Gespräch führen lassen, weiter bei **97**. Misstraust du seinen diplomatischen Fähigkeiten und möchtest lieber selbst mit dem Händler reden, weiter bei **127**.

39 Schweigend greift der Dämon nach einem weiteren Kiesel und kontert deinen Zug:

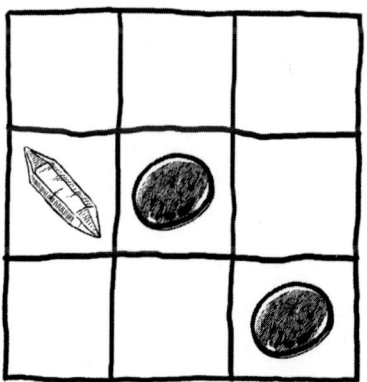

Mal-Swoob könnte nun eine diagonale Dreierreihe vollenden, daher setzt du ohne zu zögern deinen zweiten Kristall nach links oben. Weiter bei **78**.

40 Zitternd holst du die beiden Bruchstück des Zauberstabs aus deinem Rucksack, die du gefunden hast. Du starrst sie an und schluckst heftig – zwei Teile werden nicht ausreichen, Konduula zu retten! Weiter bei **162**.

41 »*Achtung!*«, gellt Bolkos Stimme in deinen Ohren, dicht neben dir siehst du Kjaras winziges, angstverzerrtes Gesicht – dann fährt dir ein fürchterlicher Schmerz in die Seite! Stöhnend brichst du zusammen, während sich weitere Speerspitzen aus magisch gehärtetem Eis in deinen Körper bohren.

Du hauchst dein Leben in einem kalten Korridor des Plateaus von Ann'Tonn aus. Was mit deinen Freunden geschieht, ob sie ebenfalls getötet werden oder in einem Kerker aus Eis landen, ob sie fliehen und Konduula möglicherweise ohne dich retten können, wirst du nie erfahren. Dein Abenteuer endet hier.

42 Nach einer Weile erweitert sich der Weg zu einer fast runden Lichtung, in die aus verschiedenen Richtungen Wildpfade münden. Riesige Pilze wachsen hier im Schatten der Bäume, viele Dutzend an der Zahl, jeder größer als ein erwachsener Mann. Ihre ausladenden Schirme sind von einem ungesunden Grün und glitzern feucht. Die Luft riecht faulig. Jenseits der Pilze, am anderen Ende der Lichtung, erkennst du eine kleine Hütte aus grob behauenen Steinplatten. Sie ist über und über mit Moos bewachsen und hat eine niedrige Tür. Sie steht offen. Während du noch überlegst, was du unternehmen willst, nähert sich Bolko unauffällig dem nächsten Riesenpilz. »Meinst du, man kann die essen?«, fragt er und schnüffelt interessiert am schmierigen Stamm der Pflanze. »Ich bin so hungrig, ich könnte einen ganzen von diesen Burschen allein verdrücken.«

Willst du deinen Vetter von einem der Pilze probieren lassen, weiter bei **47**. Hältst du das für keine gute Idee, kannst du vorschlagen, dass ihr euch die Steinhütte genauer anschaut (**116**). Andernfalls verlasst ihr die Lichtung über einen breiten, nach Süden führenden Pfad (**67**).

43 Keuchend folgt ihr einem hohen Flur, dessen Wände mit Eisschnitzereien verziert sind. »Ich kann nicht mehr!«, ächzt Bolko an deiner Seite. Sein Gesicht ist knallrot und schweißüberströmt, und du ahnst, dass er kurz davor ist zusammenzubrechen. Aber wenigstens sind hinter euch jetzt keine Schritte mehr zu hören – ihr scheint die Eis-Elben fürs Erste abgehängt zu haben.

Als der Tunnel wenig später in eine weitläufige Höhle mündet, fällt dir ein Stein vom Herzen: Der teuflische Irrgarten der Eis-Elben liegt hinter euch! *(Von nun an darfst du dir wieder mehr Zeit für deine Entscheidungen lassen.)*

Als du wieder zu Atem gekommen bist, siehst du dich um. Ihr befindet euch in einer hohen Grotte, deren Decke von meterlangen Eiszapfen übersät ist. Sie ist leer bis auf eine gewaltige Skulptur aus purem Eis, die am entgegengesetzten Ende aufragt. Die Statue stellt einen schlanken, spitzohrigen Mann dar, der eine Krone auf dem Kopf trägt.

»Das muss Lord Galak sein«, haucht Kjara. »Der Schöpfer des Plateaus von Ann'Tonn.«

In die Krone des Denkmals, gut fünf Meter über dem Boden, ist ein unterarmlanges Stück Holz eingelassen, offenbar als Verzierung. Du verengst die Augen, siehst genauer hin. Der Stab ist mit einem geschnitzten Muster aus spiralförmig gewundenen Ringen verziert. Ein Ende sieht gesplittert aus, so als wäre dort einst ein Stück abgebrochen …

»Ein Teil von Zardrus Stab!«, brüllt Bolko, der deinem Blick mit den Augen gefolgt ist. Schwerfällig wankt er auf die riesige Skulptur zu. Im selben Moment ertönt aus dem hinteren Bereich der Grotte ein dumpfes Knurren. Du hältst den Atem an, als aus einem dunklen Durchgang schräg hinter der Eisskulptur eine beängstigende Kreatur auftaucht. Es handelt sich um eine Schlange – und zwar die gewaltigste, die du je gesehen hast! Ihr Leib ist dicker als der Brustkorb eines ausgewachsenen Trolls und etliche Meter lang. Statt mit Schuppen ist sie über und über mit dichtem, schlohweißem Pelz bedeckt.

»Eine Eisschlange«, stößt Kjara hervor. »Sie kommt sonst nur im fernen Vercarien vor. Die Eis-Elben müssen Eier dieses Monsters aus dem hohen Norden mitgebracht haben!«

Suchend gleiten die pupillenlosen Augen des Reptils hin und her. Als die Eisschlange Bolko erblickt, der wie angewurzelt vor dem Standbild stehen geblieben ist, sperrt sie den Rachen auf und stößt ein dumpfes Gebrüll aus, das die Eiszapfen über euren Köpfen zum Vibrieren bringt. Panisch wirbelt Bolko herum und wetzt los. Die Schlange setzt ihm nach – direkt auf dich und Kjara zu!

Mit fliegenden Fingern durchwühlst du deinen Rucksack nach etwas, womit du diesen fürchterlichen Gegner abwehren kannst. Was willst du zum Einsatz bringen (sofern du es besitzt):

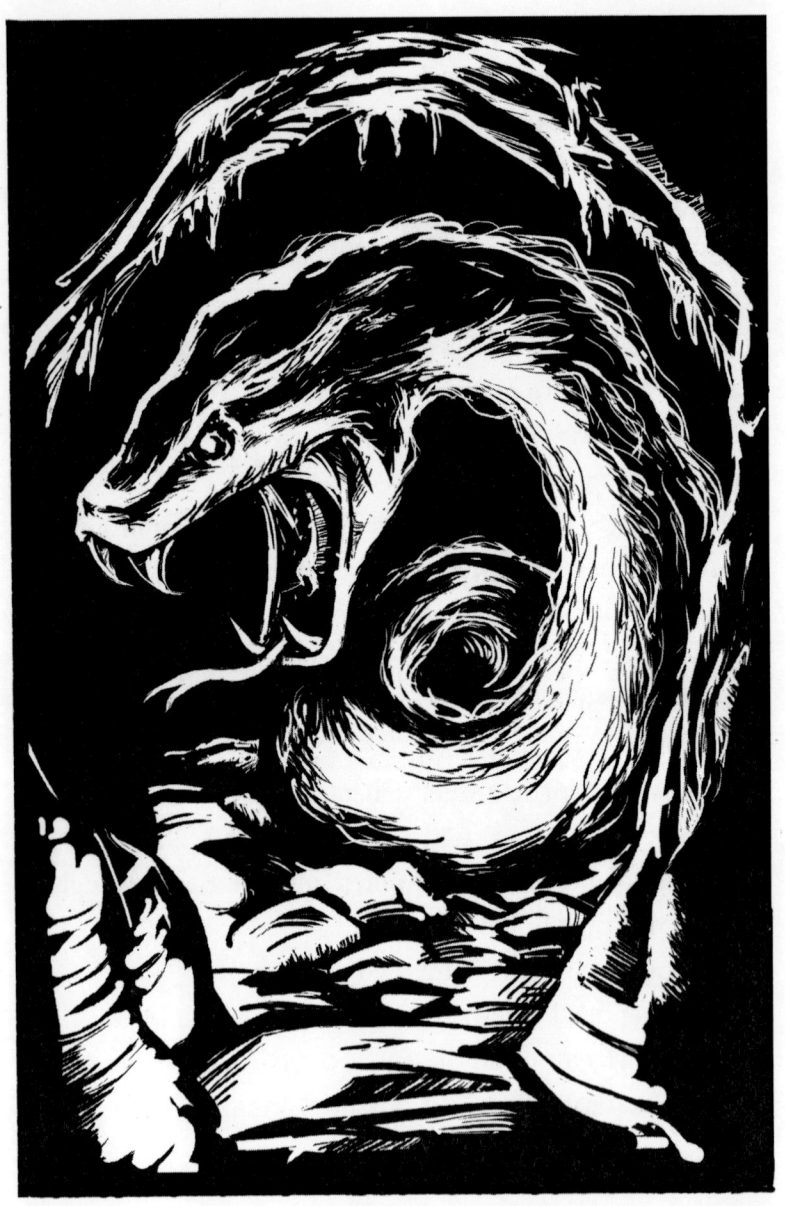

– ein altes, ledergebundenes Buch mit Zaubersprüchen (weiter bei **14**)?

– ein steinernes Amulett mit einer Rune darauf (**233**)?

Besitzt du nichts von beidem, **befrag das Schicksal:** Erhältst du Ⴤ, Ո oder ↑, weiter bei **221**. Ist das Ergebnis Ⴡ, ⋇, Ⱃ oder ⋄ weiter bei **240**. Bei jeder anderen Rune weiter bei **121**.

44 Du gibst dir Mühe, dich in der Umklammerung des Vogelmenschen zu entspannen, während ihr euch der Spitze einer besonders mächtigen Steinsäule nähert. Dort befindet sich ein flaches Plateau, über dem die Vogelmenschen euch zu Boden plumpsen lassen – genau vor einem großen, aus grauen Felsplatten errichteten Palast. Augenblicklich sind weitere Gefiederte um euch, diesmal mit schlanken Säbeln bewaffnet, und drängen euch durch ein Tor ins Innere des Gebäudes. Ihr gelangt in einen großen Saal mit säulengestützter Decke. Am entgegengesetzten Ende, auf einem steinernen Thron, sitzt ein besonders kräftiger Vogelmann in einem edelsteingeschmückten Brustpanzer. Er ist in ein erregtes Gespräch mit mehreren anderen Vogelmenschen vertieft, die um den Thron herumstehen.

Als ihr euch bis auf wenige Meter genähert habt, lassen euch eure Bewacher anhalten. Einer ruft krächzend: »Eure Majestät! Wir haben zwei Eindringlinge aufgegriffen, die sich unangemeldet in unserem Territorium aufhielten.«

Der Fürst wendet sich euch zu. Ihr erhaltet einen Stoß zwischen die Schulterblätter. Jemand zischt: »Auf die Knie vor Zloloha, dem Fürst der Vogelmenschen von Brekkh!«

Der geflügelte Herrscher mustert euch, doch er wirkt abwesend und sorgenvoll. Du hast den Eindruck, als sei er in Gedanken mit einer ganz anderen Sache beschäftigt …

Habt ihr vor kurzem einen Vogelmenschen namens Hlal aus einer gefährlichen Situation gerettet? *Wenn ja, dann weißt du, an welcher Stelle du jetzt weiterlesen musst!* Ist dies nicht der Fall, weiter bei **224**.

45 Zitternd holst du die beiden Bruchstück des Zauberstabs aus deinem Rucksack, die du gefunden hast. Du starrst sie an und schluckst heftig – zwei Teile werden nicht ausreichen, Konduula zu retten! Weiter bei **162**.

46 Im letzten Moment gelingt es dir, eine andere Klettersprosse zu packen. Für bange Sekunden baumelst du an einer Hand über der gähnenden Finsternis. Dann suchen sich deine Füße wie von selbst neuen Halt, und Augenblicke später presst du dich wieder an die schleimigen Steine – noch etwas zittrig, aber in Sicherheit.

»WAS IST DENN NUN?«, brüllt Bolko von oben. »IST DA UNTEN WAS?«

»Sei still, du Schreihals! Mir platzt der Kopf«, zischst du zurück. »Nein, hier geht es nur immer tiefer in die Eingeweide von Sloggart. Ich glaube, ich komme wieder rauf.«

»MACH HIN, MIR KNURRT DER MAGEN!«

Du beginnst zurückzuklettern. Auf halbem Weg nach oben erspähst du in der Wand des Schachts eine enge Kanalröhre, die dir beim Hinunterklettern nicht aufgefallen ist. Sie zweigt waagerecht vom Hauptschacht ab und ist zu eng, um hineinzukriechen. Etwa eine Armlänge tief in diesem Rohr entdeckst du jedoch ein matschverkrustetes, kleines Kästchen. Du bekommst es zu fassen und steckst es ein. Oben angekommen, untersuchst du deinen Fund: Das modrige Holz der Schatulle zerfällt unter deinen Fingern in seine Einzelteile. Neben einer erstaunlichen Menge braunem Schlick kommt eine kleine Pfeife aus Metall zum Vorschein. Sie scheint aus Messing zu bestehen, durch die Feuchtigkeit ist sie grün angelaufen.

»Bäh, eklig«, kommentiert Bolko. »Auf der kannst du selber flöten. An meine Feinschmeckerlippen kommt dieses Ding nicht.«

Auch du verzichtest vorerst darauf, der schmutzigen Pfeife einen Ton zu entlocken, und verstaust sie stattdessen in deinem Rucksack (vermerke sie auf deinem **Abenteuerblatt**). Anschließend folgst du Bolko um die Straßenbiegung nach **150**.

47 Mit einem gierigen Grinsen schiebt Bolko sein Mondgesicht an den Stamm des Pilzes und schlägt seine Zähne hinein. Im selben Moment ertönt hinter deiner Stirn ein ekelhaft schriller Laut – eindeutig ein Schmerzensschrei, den du zwar nicht *hören*, dafür aber umso besser *fühlen* kannst. Urplötzlich kommt Bewegung in die Gewächse vor euch: Wie auf ein geheimes

Kommando fangen die Riesenpilze an, ihre beschirmten Köpfe hin- und herzuschwenken. Mit knirschenden Geräuschen ziehen sie ihr Wurzelgeflecht aus dem feuchten Boden und setzen sich wie auf Beinen damit in Bewegung – direkt auf euch zu! Schaudernd begreifst du: Bei den Pilzen handelt es sich gar nicht um Pflanzen, sondern um pilzförmige Lebewesen, die in der Einsamkeit des Waldes ihr Dasein fristen. Und dein gefräßiger Vetter hat soeben eines von ihnen angeknabbert! Während Bolko mit verdattertem Gesichtsausdruck zu dir herübergewetzt kommt, ziehen die unheimlichen Pilzkreaturen einen Kreis um euch und versuchen, euch den Fluchtweg abzuschneiden! **Befrag das Schicksal:** Erhältst du ᛈ, ᚱ, ᛗ oder ᛏ, weiter bei **141**, ist das Ergebnis eine andere Rune, bei **228**.

48 Ohne zu zögern setzt du deinen nächsten Kristall – und schließt eine Dreierreihe! Ein röhrendes Gebrüll dringt aus dem Maul des Dämons. Die Schüsseln stürzen krachend zu Boden, gefolgt vom Spielbrett, das in unzählige Teile zersplittert. Du unterdrückst den Drang zurückzuweichen – schließlich hast du gesiegt. Jetzt ist es an der Zeit, dass der Dämon sein Versprechen einlöst. Weiter bei **229**.

49 »Das Geschenk ... aber natürlich!« Die kleine Alve lächelt entschuldigend und kramt etwas Glänzendes aus einem Beutel hervor, den sie um die Hüften gebunden trägt. Sie schwebt heran und lässt einen schmucklosen goldenen Fingerring auf deine Handfläche fallen (vermerke ihn auf deinem **Abenteuerblatt**). »Dies ist der Ring der Rückkehr, ein uraltes magisches Schmuckstück«, erklärt Kjara stolz. »Er wurde vor Tausenden von Jahren speziell für Helden auf gefährlichen Missionen geschaffen. Dieser Ring kann verhindern, dass sein Träger ums Leben kommt – jedoch nur ein einziges Mal.«

Du glaubst, dich verhört zu haben, doch die Alve sagt die Wahrheit. *Solltest du im Verlauf deiner Reise ums Leben kommen – sei es durch eine unkluge Entscheidung deinerseits oder die Wahl einer bestimmten Schicksalsrune –, wird die magische Kraft des Schmuckstücks dich augen-*

*blicklich in die Welt der Lebenden zurückholen. Du darfst
in einem solchen Fall zum letzten Abschnitt vor deinem Tod
zurückblättern und dort eine andere Wahl treffen bzw. im
Falle einer Schicksalsprüfung eine neue Rune aus dem Haufen wählen. Diese Möglichkeit wird im Text nicht ausdrück-
lich erwähnt werden. (Vergiss nicht: Die Kraft des Rings
reicht nur für eine einzige Anwendung. Benutzt du ihn,
musst du ihn sofort von deinem **Abenteuerblatt** streichen.)*
Willst du der hilfsbereiten Alve nun in die Heimatstadt
ihre Volkes folgen (weiter bei **222**) oder dich Bolkos
Wunsch beugen, auf der Großen Allee weiter nach Süden zu marschieren (**197**)?

50 Am späten Nachmittag macht die Große Allee
einen Knick nach Süden. Du schaust aus der hinteren Öffnung des Planwagens und siehst, dass das dunkle Grün des Waldes von Kwalm hinter euch liegt. Wenig
später hält Petrok sein Gefährt an. Ihr habt eine Abzweigung erreicht, von der aus eine schmalere Straße in westliche Richtung davonführt. Auf einem Wegweiser am

Straßenrand steht Balthasaz. »Ich verlasse die Allee hier, meine jungen Freunde«, hebt Petrok die Stimme. »Da ihr weiter nach Süden wollt, trennen sich unsere Wege nun.«

Du bedankst dich in deinem und Bolkos Namen bei dem Händler fürs Mitnehmen. Petrok, dem die Gespräche mit dir einen langweiligen Abschnitt seiner Reise verkürzt haben, schenkt dir zum Abschied ein Paar nagelneuer, lederner Schnürriemen aus seinem Haushaltswarensortiment. (Vermerke sie auf deinem **Abenteuerblatt**.) Dankbar siehst du ihm nach, während sein Gefährt rumpelnd in der Ferne verschwindet.

»Da geht es hin … all das schöne Essen«, murmelt Bolko neben dir. Du ignorierst ihn und lenkst deine Schritte nach Süden, die Große Allee entlang. Weiter bei **100**.

51 Der merkwürdige Alte krächzt noch eine Weile vor sich hin, dann verliert er das Bewusstsein. Ihr bettet ihn halbwegs bequem auf den Boden, aber da es nichts gibt, was ihr für ihn tun könnt, verlasst ihr den Speisesaal wenig später wieder. Weiter bei **149**.

52 Vorsichtig steigst du die breiten Stufen hinauf und erreichst die Galerie, die an drei Seiten der Eingangshalle entlangläuft. Ein gutes Dutzend Türen gehen von hier ab, dazwischen sind steinerne Statuen aufgestellt, allesamt Kämpfer in kriegerischen Posen. Es ist totenstill. Behutsam tastest du dich durch das Zwielicht vorwärts, dicht gefolgt von Bolko, dessen Entdeckerdrang durch die geisterhafte Atmosphäre nun ebenfalls etwas gedämpft wirkt.

Du erreichst die erste Tür, schwarz und reich mit Schnitzwerk verziert, und streckst die Hand nach der Klinke aus. Da ertönt über deinem Kopf ein verstohlenes Flattern. Du schaust nach oben und unterdrückst nur mit Mühe einen entsetzten Aufschrei. Durch ein Loch in der Decke schwebt eine wirbelnde, schwarze Wolke auf euch herab – Fledermäuse, und zwar die größten, die du je gesehen hast! Ihre Schwingen sind mächtig wie die von

Adlern, und unter ihren unheilvoll glühenden Augen blitzen lange Fangzähne im Mondlicht. Es sind Vampirfledermäuse, die es auf euer Blut abgesehen haben!

Hastig kauerst du dich hinter einer Statue zusammen und durchwühlst deinen Rucksack auf der Suche nach etwas, das dir gegen diese scheußlichen Flattertiere von Nutzen sein kann. Was zückst du (sofern du es besitzt):

- eine alte, grün angelaufene Messingpfeife (weiter bei **166**)?
- eine Handvoll Knoblauchzehen (**236**)?
- ein steinernes Amulett mit einer magischen Rune darauf (**101**)?

Besitzt du nichts davon, hast du keine andere Wahl, als die Arme schützend über den Kopf zu heben und in Richtung Treppe zurückzurennen. Weiter bei **114**.

53 Als ihr wieder aus dem Teleportfeld heraustretet, findet ihr euch in einem völlig anderen Korridor wieder – sofern sich das sicher sagen lässt, wo doch alle Gänge des Labyrinths aus glitzerndem Eis bestehen. Da tauchen aus einer Abzweigung zu eurer Rechten drei Eis-Elben auf. Sie brüllen triumphierend, als sie euch erblicken, und schwingen wild ihre Speere. Panisch rennt ihr geradeaus. Weiter bei **108**.

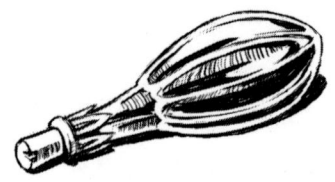

54 Nach einer Weile kommt vor euch eine kunstvoll behauene Felssäule in Sicht, an der ein schmaler Weg nach Osten abzweigt. In Kopfhöhe sind ein Pfeil sowie ein einzelnes Wort in den Stein gemeißelt: SLOGGART.

»Die Abzweigung, von der Marlara sprach«, stellst du erfreut fest. »Nun ist es nicht mehr weit bis zu Mansinius dem Weisen.«

»Was, wenn es bloß ein Gerücht ist, dass er etwas über die Bruchstücke von Zardrus Stab weiß?«, brummt Bolko neben dir. »Wenn dieser Alte in Wirklichkeit gar keine Ahnung hat? Oder längst gestorben ist? Dann verschwenden wir kostbare Tage für einen nutzlosen Abstecher ins Hinterland, in denen wir längst an anderen Orten nach den Dingern suchen könnten.«

Du bist dir eigentlich recht sicher, dass Marlara euch nicht umsonst geraten hat, den Weisen von Sloggart aufzusuchen. Dennoch überdenkst du Bolkos Worte. Lässt du dich von seiner Ungeduld anstecken und folgst der Großen Allee, um in den südlicher gelegenen Regionen des Landes nach den Teilen des Zauberstabs zu suchen (weiter bei **243**)? Oder willst du wie geplant den Weg nach Sloggart einschlagen (**74**)?

55 Für einen Moment hast du Hemmungen, deine Gabe einzusetzen. Auf der anderen Seite bist du sicher, dass der Dämon auch nicht vorhat, fair zu spielen.

Kurzerhand nutzt du dein Talent, um jeden Zug deines Gegners vorauszusehen, und nach wenigen Augenblicke fehlt dir nur noch ein einziger Kristall, um eine Dreierreihe zu schließen … Weiter bei **48**.

56 »Wir haben erst einen kleinen Bereich des Schlammhügellands abgesucht«, bemerkt Kjara mit einem Blick auf eure Landkarte. »Wie wäre es, wenn wir es in östlicher Richtung durchquerten, um uns weiter umzusehen?«

»Weiter durch diesen miesen Matsch? Zu Fuß?« Bolkos Stimme klingt alles andere als begeistert. »Ohne mich! Wenn du unbedingt nach Osten willst, lass uns nach Port Empeg zurückkehren und eine Flussfahrt den Fusselik hinunter buchen.«

»Aber ich dachte, wo wir doch schon mal hier sind …«

»Das Denken solltest du Helden wie mir überlassen! Ich jedenfalls gehe keine Viertelmeile mehr durch diesen Sumpf.«

»Wenn aber hier irgendwo ein Stück des Zauberstabs …«

Da sich die beiden wieder einmal nicht einigen können, liegt es an dir zu bestimmen: Möchtest du zu Fuß durch das Schlammhügelland nach Osten ziehen (weiter bei **172**), oder beherzigst du Bolkos Wunsch, nach Port Empeg zurückzukehren und dort eine Passage auf einem Schiff den Fluss hinunter anzutreten (**165**)?

57 Schnüffelnd nähert sich die Schnauze eines Säbelzahnwolfs deinem Gesicht. Da öffnest du den Mund und sagst in der Sprache der Wölfe: »Seid gegrüßt, graubepelzte Jäger der Nacht. Möge eure Hatz stets erfolgreich sein und euch die saftigen Kaninchen nie ausgehen.«

Verdutzt zuckt der Wolf zurück, und innerhalb weniger Augenblicke hat sich das ganze Rudel um dich geschart. Der Leitwolf, ein mächtiges Tier mit besonders langen Hauern, tritt vor. »Du sprichst unsere Sprache, Nackthäuter?«, fragt er grollend. Als du nickst, fährt er fort: »Das bedeutet, du und dein Gefährte genießt den Schutz unserer Mondgöttin. Keinem Wesen der Nacht ist es gestattet, ein anderes zu fressen, das seine Worte versteht.« Er gibt seinen Begleitern ein Zeichen, und mit einem enttäuschten Winseln macht sich das Rudel auf den Rückweg zum nahen Wald. Kaum sind sie in der Finsternis verschwunden, entsteht neben dir Bewegung: Träge hebt dein Vetter den Kopf, reibt sich die Augen und sagt blinzelnd: »Mann, ich hatte vielleicht einen komischen Traum! Da waren überall Wölfe, und du … du hast mit ihnen *gesprochen*. Verrückt, was?« Kopfschüttelnd dreht er sich auf die andere Seite, und Sekunden später schnarcht er von Neuem vor sich hin. Auch du schläfst wieder ein. Am folgenden Morgen, nach einer störungsfreien Nacht, brecht ihr auf und folgt der Großen Allee nach **72**.

58 Einen Wimpernschlag, bevor der Vampir euch erreicht, hast du eine Eingebung: Du schleuderst ihm deine Fackel direkt vor die Füße. Der Blutsauger stürmt ungerührt darüber hinweg, doch dabei fängt sein wallender schwarzer Umhang – uralt und trocken wie Zunder – Feuer! Brüllend fährt der Vampir zurück und versucht, die gierig emporzüngelnden Flammen auszuschlagen. Du zögerst nicht, wirbelst herum und wetzt die schmale Treppe hinauf, wobei es dir sogar gelingt, den schreckensstarren Bolko mitzureißen. In völliger Finsternis eilt ihr über die ausgetretenen Stufen dahin, zum Glück, ohne zu stürzen oder euch die Nase an der Wand blutig zu stoßen. Hinter euch hallen die wütenden Schreie des Grafen durchs Dunkel, der noch immer mit seinem brennenden Mantel kämpft. Schon habt ihr die Eingangshalle erreicht und rennt durch die Tür hinaus ins Freie. Erst, als ihr die Große Allee erreicht und einen gehörigen Abstand zwischen euch und dieses Haus des Schreckens gebracht habt, wagt ihr wieder langsamer zu gehen. Weiter bei **30**.

59 In strammem Galopp bringen euch General Barlok und seine Leute zur Großen Allee zurück. Es dämmert bereits, als ihr die Straße erreicht, und notgedrungen legt ihr euch im Schutz der Bäume an ihrem Rand schlafen. Früh am nächsten Morgen brecht ihr auf und zieht weiter. Weiter bei **211**.

60 Noch bevor die Räuberbande das Haus ebenfalls umrundet hat, erreicht ihr die Baumgrenze und taucht im Dickicht unter. Zweige peitschen euch ins Gesicht, Dornen zerren an euren Kleidern, aber ihr hetzt unbeeindruckt weiter. Als ein großer Baum in Sicht kommt, dessen Äste weit genug herabreichen, um sogar

Bolko als Klettersteige zu dienen, hangelt ihr euch, so schnell ihr könnt, den Stamm hinauf bis in die Krone. Schon brechen unten schwere Stiefeltritte durchs Gehölz. Geht dein Plan auf, oder werden die Gauner euch in eurem Versteck entdecken? **Befrag das Schicksal:** Erhältst du ᛗ, ᛦ oder ᚾ, weiter bei **88**, ist das Ergebnis eine andere Rune, bei **237**. (Verfügst du über das Talent VERBERGEN, brauchst du das Schicksal nicht zu befragen – lies sofort weiter bei **237**.)

61 Ihr verlasst Orlik und haltet euch in südöstliche Richtung. Kjara hat ihren Beutel in der Stadt mit Kräuterbrot gefüllt, einer Spezialität der Rintauren, von der sie mithilfe ihrer Magie etliche Portionen auf handliche Größe geschrumpft hat. So verfügt ihr trotz der kargen Landschaft ringsum wenigstens über genügend Proviant.

So leblos und unbewohnt die Steppe wirkt – sie ist es nicht! Am folgenden Tag habt ihr eine unerwartete Begegnung ... *Merk dir diesen Abschnitt und gehe dann zu 147, um zu sehen, wer oder was euch in der Steppe über den Weg läuft!*

Anschließend setzt ihr euren Weg fort. Gegen Abend erkennst du einen mächtigen, kantigen Umriss am Horizont, der im rotgoldenen Licht der Dämmerung schillert, als bestünde er aus purem Diamant ... Weiter bei **181**.

62 Ihr schlagt die breitere Straße ein. Dicke weiße Nebelarme umwabern euch bei jedem Schritt, und die überhängenden Fassaden der alten, halb vermoderten Fachwerkhäuser sperren den letzten Rest Tageslicht aus. Hinter den Fensteröffnungen ist es finster. Eure plitschenden Schritte auf dem feuchten Pflaster sind die einzigen Geräusche in der geisterhaften Stille. Nur Bolko scheint die bedrückende Atmosphäre wie üblich nicht wahrzunehmen. Mit interessiertem, irgendwie hungrigem Blick mustert er die Nebelschleier, die sich zu immer neuen, fantastischen Figuren auftürmen. »Verflixt«, murmelt er. »Ich wünschte, man könnte diesen blöden Dunst mit etwas Zauberei in Zuckerwatte verwandeln ...«

Die Straße beschreibt eine Biegung nach links. Du willst ihr folgen, da lenkt ein leises Plätschern deinen Blick zum Rinnstein hinüber. Durch eine runde, vergitterte Kanalöffnung gluckert ein dünnes Abwasserrinnsal hinab in den Untergrund. Als du probehalber mit dem Fuß gegen die daumendicken Gitterstäbe stößt, stellst du fest, dass der Deckel nur lose aufliegt. Du bückst dich, hebst das Gitter beiseite und starrst hinab in die Dunkelheit, aus der fauliger Kloakengeruch emporsteigt. In der feuchten Wand des senkrecht in die Tiefe führenden Kanalschachts sind rostig-braune Klettereisen zu erkennen.

»Wo bleibst du denn?«, nölt Bolko, der bereits die Straßenbiegung bereits halb umrundet hat. Möchtest du den Kanaldeckel wieder an seinen Platz legen und zu deinem Vetter aufschließen (weiter bei **150**), oder willst du Bolko zurückrufen und den Schacht genauer erkunden (**163**)?

63 Ohne die feuchtkalten Wände rechts und links zu streifen, hetzt ihr vorwärts, verfolgt von den hasserfüllten Rufen der Eis-Elben. Vor euch taucht eine neue Kreuzung auf. Der geradeaus führende Korridor endet nach wenigen Metern an einer massiven Eiswand. Von rechts siehst du einen Trupp Wachen heraneilen, der sich offenbar von den anderen abgesetzt hat. Ohne zu zögern schwenkst du nach links und bedeutest deinen Freunden, dir zu folgen. Wenig später stoßt ihr auf einen Quergang. Willst du dich nach rechts wenden (weiter bei **189**) oder nach links (**178**)?

64 Kurz starrt der Dämon auf das Spielbrett zwischen euch, dann ergreift er mit einem leisen Schnauben einen zweiten Kiesel und setzt ihn.

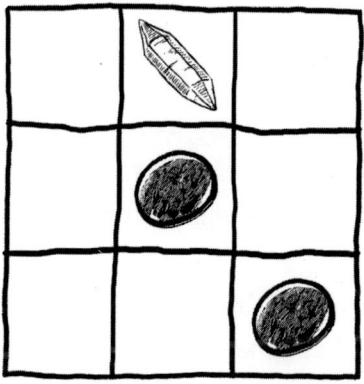

Um die diagonale Dreierreihe deines Gegners zu verhindern, bleibt dir nur ein Zug: Du setzt einen Kristall in das Feld links oben. Weiter bei **93**.

65 Hastig, mit zitternden Händen, holst du alle drei Teile des Zauberstabs aus deinem Rucksack und streckst sie in die Höhe. Ihr vernehmt ein fernes Seufzen, dann Marlaras erleichterte Stimme: »Den Göttern sei Dank – ihr habt es vollbracht!« Urplötzlich erstrahlt die eisige Ebene des Plateaus in gleißendem, unnatürlichem Licht. Geblendet wendet ihr die Augen ab. Als ihr wieder etwas sehen könnt, erkennt ihr Marlara sowie zwölf weitere Gestalten, alle in wallenden Umhängen … der komplette Zaubererrat von Konduula! Die Magierin tritt neben dich und nimmt dir die Stabstücke aus den Händen. Sie hält sie in der richtigen Reihenfolge aneinander und spricht Worte in einer Sprache, die du nicht verstehst. Die Bruchstellen erglühen wie unter großer Hitze – und plötzlich hält Marlara einen einzigen, langen Stab in Händen.

Rasch tritt sie in die Mitte des Kreises, den die restlichen Zauberer gebildet haben, und alle dreizehn verfallen in einen sonderbaren Singsang. Ihr zieht euch stumm zurück. Beunruhigt starrst du nach Osten, wo sich die brodelnde schwarze Masse bereits bedrohlich der gedachten Linie zwischen den weißen Türmen nähert …

Der Gesang der Magier steigert sich zu beeindruckender Lautstärke. Schließlich endet er in einem bebenden Schrei aus dreizehn Kehlen. Im selben Moment schießt ein Strahl farblosen, unbeschreiblich grellen Lichts aus Zardrus Zauberstab hervor und senkrecht in den Himmel. Hoch droben am nächtlichen Firmament teilt er sich in dreizehn identische Strahlen, die wie Blitze zurück zur Erde zucken. Die meisten verlieren sich in weiter Ferne, drei jedoch treffen zielsicher die Siegeltürme, die ihr von eurem Standort aus erkennen könnt. Ein ohrenbetäubender Donner lässt das Land erbeben, dann erhebt sich langsam eine Barriere aus flimmernder Luft zwischen den Türmen aus dem Boden.

»Es ist vollbracht«, erklärt Marlara und tritt neben dich. Gebannt beobachtet ihr, wie Gorlashs Horden die Grenze Konduulas erreichen – und innehalten. Ihr Vormarsch kommt zum Erliegen, selbst die Wolken geflügelter Ungeheuer verharren vor den magischen Wällen, als seien sie gegen eine himmelhohe, unsichtbare Mauer geprallt. Es ist, wie Marlara gesagt hat: Die Mächte der Finsternis sind nicht imstande, die mit neuer Energie aufgeladene magische Barriere zu überwinden!

Erleichtert sinkst du neben Bolko zu Boden. Ihr habt es geschafft! Als du wieder aufsiehst, haben die Mitglieder des Zaubererrats euch umringt. Sie nehmen sich bei den Händen und sprechen im Chor einige sonderbare Worte. Plötzlich siehst du nur noch Helligkeit … Weiter bei **250**.

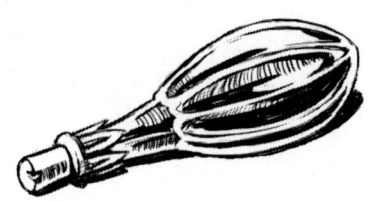

66 »Ach was? Händler seid ihr also?«, kichert der Narbengesichtige. »Dass ich das nicht gleich gesehen habe!«

»In diesem Fall kennt ihr ja bestimmt die Losung, die an alle Vertreter des Handelsvolks ausgegeben wurde, um die Formalitäten bei der Einreise zu vereinfachen?«, erkundigt sich Warzennase und prüft beiläufig die Schärfe seiner Hellebardenklinge.

Befinden sich auf deinem **Abenteuerblatt** Losungen für Handelsreisende, lies diejenige für Sloggart rückwärts und fahre bei dem Abschnitt fort, dessen Nummer du dadurch erhältst. Kennst du die richtige Losung nicht, musst du entweder versuchen, die Wachen mit einem Geschenk auf deine Seite zu bringen (weiter bei **90**), oder sie zu überrumpeln (**82**).

67 Der Pfad schlängelt sich hierhin und dorthin, behält jedoch immer eine grob südliche Richtung bei. Schließlich kommt vor euch ein sanfter Lichtschein in Sicht, und wenige Minuten später tretet ihr zwischen mächtigen Stämmen hervor ins Freie. »Geschafft!«, jubelt Bolko und vollführt einen nicht sonderlich eleganten Luftsprung. »Wir haben den Wald von Kwalm durchquert – lebendig.«

Auch du verspürst eine gewisse Erleichterung, während du dich umsiehst. Nicht weit entfernt erkennst du das von Bäumen gesäumte Band der Großen Allee, die nach dem Umweg um den Wald herum nun wieder in ihre ursprüngliche, südliche Richtung verläuft. Wenige Minuten später habt ihr sie erreicht. Weiter bei **100**.

68 Kurze Zeit später mündet der Tunnel in einen gewaltigen Saal. Das Licht hunderter in Eis eingeschlossener Fackeln schillert auf den glitzernden Wänden, als bestünden sie aus kostbarem Kristall. Ein erhebender Anblick – wäre es nur nicht so verflixt kalt. Auf einem Podest, ebenfalls aus geschliffenem Eis, sitzt ein hagerer Elb mit einer durchsichtigen Krone auf dem fast weißen Haar. Als ihr ihm vorgeführt werdet, rafft er geziert einen blassblauen Umhang vor seiner Brust zusammen und mustert euch mit verkniffenem Gesicht. »Wer stört Ruhe und Besinnlichkeit der Eis-Elben?«, schnarrt er.

Kjara macht einen Knicks in der Luft und erzählt dem Herrscher von der Bedrohung durch Gorlashs Armeen. Dann ergreifst du das Wort und berichtest von eurer Suche nach den Bruchstücken von Zardrus Zauberstab. Als du das berühmte Artefakt erwähnst, verengen sich Lord Vorllons ohnehin schmale Augen noch weiter. »Habt ihr das gehört?«, ruft er seinen Wachen zu. »Diese drei sind gekommen, um unser Heiligtum zu rauben, das glück-bringende Symbol unserer Unabhängigkeit, das Lord Galak vor 500 Jahren an der Nordgrenze Konduulas ent-deckte!«

Entrüstetes Gemurmel erhebt sich unter den Umstehen-den, während du überrascht in die Runde starrst. Die Eis-Elben besitzen also wahrhaftig ein Stück des Zauber-stabs!

Kjara spürt, dass die Situation außer Kontrolle zu gera-ten droht. Rasch schwebt sie auf den Herrscher zu und sagt: »Natürlich könnt ihr das Bruchstück zurückbekom-men, sobald die 13 Siegel wieder aufgeladen sind.« Als sie sieht, wie sich Lord Vorllons Gesicht spöttisch ver-zieht, fügt sie hinzu: »Ihr müsst doch einsehen, dass es auch euren Untergang bedeuten würde, wenn es Gorlash gelänge, mit seinen Monsterhorden nach Konduula …«

»*Geschwätz!*« Lord Vorllon schneidet ihr mit einer barschen Geste das Wort ab. »Niemand kann uns hier in unserer eisigen Feste etwas anhaben. Die Eis-Elben sind stark und unabhängig, wir trotzen allem und jedem.« Er lacht schrill, in seinen Augen irrlichtert es. »*Wir* werden überdauern, auch wenn Konduula untergeht!« Wieder lacht er schrecklich.

Dir läuft es eiskalt den Rücken hinunter. Der Herr der Eis-Elben ist hoffnungslos verrückt!

»Das heilige Fragment des Zauberstabs verlässt Ann'Tonn nur über meine Leiche – über meine und die von 1000 kampferprobten Elbenkriegern!«, kreischt er. »Und selbst wenn es euch gelingen sollte, irgendwie an meinen Männern vorbeizukommen – das Vermächtnis Zardrus liegt sicher im Herzen unseres Eis-Labyrinths verborgen. Niemand kann es finden, hört ihr? Niemand!« Zornig gestikuliert er in Richtung seiner Wachen. »In die Kerker mit den Vermessenen! Schließt sie ein, bis sie Eiszapfen sind.« Das irre Gelächter des Herrschers begleitet euch, als schwer bewaffnete Wachen euch aus dem Saal führen.

Erneut geht es durch glitzernde Tunnel tiefer in das Massiv hinein. Dir schwirrt der Kopf: Was kannst du tun? Eines der rettenden Zauberstabstücke befindet sich ganz in eurer Nähe, doch der Herr der Eis-Elben wird es niemals freiwillig herausgeben. Deine Gedanken werden jäh unterbrochen, als auf der linken Seite des Korridors eine Abzweigung in Sicht kommt. Willst du versuchen, den

Ring eurer Bewacher zu durchbrechen und in diesen Seitenstollen davonzurennen (weiter bei **75**)? Oder verhältst du dich ruhig und hoffst darauf, dass euch später, im Kerker, eine Lösung einfällt (**167**)?

69 Eine ganze Weile marschiert ihr am Ufer des Flusses Armm entlang, dessen kristallklares Wasser fröhlich neben euch herplätschert. Schließlich taucht am östlichen Horizont ein ungewöhnlicher Anblick auf: Hunderte riesiger Felsnadeln ragen dort kerzengerade in den Himmel, jede breit wie ein Haus – die Finger von Brekkh. Beeindruckt marschiert ihr weiter, bis ihr die ersten der ehrfurchtgebietenden Monumente erreicht. Weiter bei **206**.

70 »Ich glaube, wir haben sie abgehängt!«, keuchst du erleichtert – als du auf einmal den Boden unter den Füßen verlierst. Du stürzt viele Meter tief in eine Fallgrube, deren Boden zu allem Unglück mit langen, messerscharfen Spießen aus Eis versehen ist. Dein Ende ist kurz und schmerzhaft. Du hast nicht einmal genug

Zeit, dir Gedanken um deine Freunde oder das Schicksal Konduulas zu machen …

71 Gegen Abend vernehmt ihr aus der Ferne ein leises Rauschen. Wenig später steht ihr am Ufer eines breiten, rasch dahinfließenden Flusses. »Der Fusselik«, sagt Kjara lächelnd. »Das bedeutet, wir haben das Schlammhügelland in seiner ganzen Ausdehnung durchquert.«

Nicht weit entfernt entdeckt ihr eine alte hölzerne Brücke, die ans andere Ufer hinüberführt. Die Planken erweisen sich als ziemlich verrottet, die Eisennägel, die die Konstruktion einst zusammenhielten, sind nur noch als rötliche Rostflecken zu erkennen.

»Ob die euch aushält?« Mit skeptischem Blick bleibt Kjara über der wackligen Konstruktion in der Luft stehen.

»Klaro«, grunzt Bolko im Brustton der Überzeugung und macht einen forschen Schritt vorwärts. Willst du ihn voranmarschieren lassen (weiter bei **199**), oder willst du als Erster hinübergehen (**238**)?

72 Ihr marschiert den ganzen Tag hindurch. Als du schon glaubst, Bolkos ständiges »Ich hab Hunger!«, »Meine Füße tun weh!«, »Ich hab Hunger!«, »Sind wir bald da?«, »Ich hab immer noch Hunger!« nicht mehr länger ertragen zu können, entdeckst du am Rand der Straße einen Strauch, an dessen Ästen dicke, saftige Beeren wachsen. Sofort stürzt sich dein Vetter darauf. Für den Rest des Tages ist er dir beim Marschieren immer ein paar Schritte voraus. Mit einer Leichtfüßigkeit, die du sonst gar nicht von ihm kennst, tänzelt er von Busch zu Busch und schlägt sich an jedem weiteren beerentragenden Gewächs den Bauch voll.

Am späten Nachmittag beschreibt die Straße einen Knick nach rechts und führt wieder in südliche Richtung. Der bedrohliche Wald von Kwalm liegt hinter euch. Weiter bei **100**.

73 Ein paar Schritte hinter dem Durchgang beginnt eine kleine, spiralförmig ins Eis gehauene Wendeltreppe, die steil nach oben führt. Ihr folgt ihr eine Weile, und nach über 100 Stufen tretet ihr auf eine flache, eisglitzernde Ebene hinaus, über der ein prächtiger Sternenhimmel funkelt. Neugierig läuft Bolko zum östlichen Rand des Plateaus und schaut hinunter. Plötzlich wird sein Blick glasig, sein Mund klappt tonlos auf. Kjara und du beeilt euch, zu ihm aufzuschließen – und erstarrt ebenfalls.

Das Plateau von Ann'Tonn ist so hoch, dass euer Blick von seiner Spitze mühelos bis zur Ostgrenze Konduulas schweifen kann. Im kalten Mondlicht erspäht ihr drei der insgesamt 13 Siegeltürme, jeder mehrere hundert Meilen vom nächsten entfernt. Nach allem, was du weißt, sollten zwischen diesen Bauwerken eigentlich Barrieren aus purer, schillernder Energie zu erkennen sein, Schutzwälle gegen das Böse, wie Marlara gesagt hat. Doch nichts dergleichen ist zu sehen. Die Türme sind ganz normale Türme, nichts Magisches scheint an ihnen zu sein.

Was euch jedoch noch weit mehr erschreckt, liegt jenseits der Türme: Weit im Osten glühen die vulkanischen Gebirge des finsteren Landes Sulphuria, der Heimat Gorlashs, des finsteren Erzmagiers. Und aus dieser Richtung marschiert ein gewaltiges Heer aus Abertausenden grässlicher Kreaturen auf die Grenze deiner Heimat zu! Wolken aus hektisch umeinanderwirbelnden Schemen verdunkeln den Sternenhimmel darüber – geflügelte Monster, von Gorlashs schwarzen Druiden aus den Tiefen der Unterwelt heraufbeschworen.

»Allmächtiger«, haucht Kjara. »Es ist so weit: Gorlash greift an! Und wir sitzen hier oben fest und können nichts tun.«

Plötzlich erfüllt ein merkwürdiges Summen die Luft. Du spürst, wie sich die Härchen in deinem Nacken aufrichten, und Sekunden später weht eine sanfte, weibliche Stimme über die eisige Ebene heran – eine Stimme, die

du nur zu gut kennst. Sie gehört Marlara der Zauberin!

»Es ist soweit, meine jungen Freunde«, flüstert sie. »Gorlashs Kreaturen nahen! Wenn die Macht der 13 Siegel jetzt nicht erneuert werden kann, ist Konduula verloren.« Die Stimme wird lauter, so als schwebe die Sprecherin körperlos näher. »Habt ihr die drei Stücke des magischen Stabs?«

Hast du eines oder mehrere Teile von König Zardrus Zauberstab gesammelt, dann zähle alle Ringe, die in das Holz geschnitzt sind, zusammen und lies bei dem Abschnitt weiter, der dem Ergebnis entspricht. Besitzt du kein einziges Zauberstabstück, weiter bei **162**.

74 Kurz nachdem ihr die Abzweigung hinter euch gelassen habt, bricht die Dämmerung herein. Prompt beginnt Bolko zu nörgeln, dass er anhalten und ein Nachtlager aufschlagen will. Nur mit Mühe kannst du ihn überreden, noch ein paar Meilen weiterzumarschieren. Irgendwann spät in der Nacht legt ihr euch schließlich am Rand des Weges nieder, und begleitet von Bolkos ohrenbetäubendem Schnarchen gleitest auch du bald in tiefen Schlaf.

Als du beim ersten Dämmern des neuen Tages erwachst, stockt dir der Atem: Kaum einen halben Tagesmarsch entfernt türmt sich am östlichen Horizont eine gewaltige, gezackte Silhouette auf. Das Gebirge von Phmek! Spitz wie die Zähne eines Raubtiers recken sich schneebedeckten Gipfel in den diesigen Morgenhimmel, während der Fuß des Bergmassivs in einen weißen Schal aus undurchdringlichem Nebel gehüllt ist. Offenbar seid ihr nach Einbruch der Dunkelheit weiter gekommen, als du zu hoffen gewagt hattest.

Aufgeregt rüttelst du an Bolkos Schulter, der nur widerwillig die Augen aufschlägt. Erst, als du ihm versprichst, dass es in Sloggart bestimmt ein Gasthaus gebe, wo Rühreier mit Speck auf ihn warten, ist er schlagartig hellwach. Im Eiltempo marschiert ihr los.

Im Verlauf des Vormittags klart der Himmel auf. Du erkennst, dass es sich bei der weißen Masse, die wie ein riesiger Krake am Fuß des Felsmassivs kauert, nicht um simplen Morgennebel handelt. Auch im Laufe des Tages verzieht sich der Dunst nicht.

»Sieht beinahe aus wie Schlagsahne«, murmelt Bolko versonnen, als er die Massen aus aufgetürmtem Weiß erblickt. »Nicht auszudenken, wie viele Stücke Erdbeerkuchen man damit verzieren könnte! Hmmm ... Aber wo ist denn nun diese Stadt, die wir suchen, Sloggart? Ich sehe nur Berge und Schlagsahne und noch mehr Schlagsahne und Berge.«

Du kneifst die Augen zusammen und entdeckst eine Kirchturmspitze, die mitten aus der weißen Masse aufragt. »Ich fürchte, Sloggart liegt in dieser Nebelwand«, erklärst du.

»In dieser Suppe? Aber wie sollen wir denn da das Gasthaus finden?«

Je näher ihr kommt, desto mehr Formen werden über dem Nebelschleier sichtbar: spitze Giebeldächer, Fahnenstangen, Schornsteine. Dann schält sich eine hohe Stadtmauer aus dem Weiß, und der Weg verschwindet in einem großen, zweiflügeligen Tor. Als ihr euch nähert, lösen sich zwei finstere Umrisse aus Nischen neben der Öffnung.

»*Wer seid ihr* …«, beginnt die erste Gestalt und rammt donnernd den Stiel einer langen Hellebarde vor euch aufs Pflaster.

»… *und was wollt ihr in Sloggart?*«, vollendet die zweite Gestalt und reckt eine identische Waffe in die Höhe.

Bevor du Bolko zurückhalten kannst, ist er vorgetreten und ruft patzig: »Weeer will das wissen, hä?«

Eine der Gestalten schiebt ihr Gesicht bis auf wenige Zentimeter an das deines Vetters heran. Es handelt sich um einen großen, ausgemergelten Mann, der einen verbeulten Brustharnisch trägt und darunter eine ziemlich gammelige städtische Uniform. Sein Haar ist grau und strähnig, und auf seiner Nase prangt eine erbsengroße, haarige Warze. »Die Stadtwache von Sloggart will das wissen, du Wicht«, erwidert er mit drohendem Unterton.

Hastig macht Bolko einen Schritt rückwärts.

»Wir … äh, sind friedfertige Reisende«, erklärst du. »Wir suchen den Rat eines Gelehrten Eurer Stadt. Des weisen Mansinius!«

»So, zu Mansinius wollt ihr?«, krächzt der zweite Wächter und kommt ebenfalls näher. Er ist noch magerer als der erste. Dichte Bartstoppeln zieren ein böses, von Narben entstelltes Gesicht. »Tja. das wollen viele. Aber leider können wir nicht jeden Dahergelaufenen in unsere schöne Stadt lassen. Zu viele Menschen, zu wenig Brot … Diebstahl, Kriminalität, ihr versteht?« Er lacht krächzend. Seine Worte wirken gehässig und irgendwie nicht sehr glaubwürdig. Du ahnst, dass die Wachen ihr Spiel mit euch treiben, aus Langweile oder schierer Bosheit. Rasch überlegst du, wie an ihnen vorbeizukommen ist. Möglicherweise könntet ihr die Männer überrumpeln, indem ihr blitzartig zwischen ihnen hindurchrennt und im Nebel hinter dem Tor verschwindet (weiter bei **82**)? Erscheint dir dies zu gefährlich, kannst du versuchen, die beiden mit einem Geschenk umzustimmen (**90**). Oder du behauptest, ihr wärt Händler, die mit Mansinius dringende Geschäfte zu erledigen haben (**66**).

75 Die Eis-Elben werden von eurer Aktion total überrascht, und in der Enge des Korridors gelingt es ihnen nicht, ihre langen Speere zum Einsatz zu bringen. Im Handumdrehen hast du dich, Seite an Seite mit

Bolko, zwischen ihnen hindurchgewunden. Dicht gefolgt von Kjara flitzt ihr durch die Abzweigung davon. Hinter euch ertönt wütendes Geschrei, dann hämmern schnelle Schritte über den gefrorenen Boden. Die Eis-Elben haben die Verfolgung aufgenommen!

Nun muss alles sehr schnell gehen – *du darfst dir an keiner der folgenden Abzweigungen mehr als zwei Sekunden Zeit für deine Entscheidung lassen! Diese Regel gilt so lange, bis du die Wachen abgehängt hast. (Ausnahme: Du verfügst über das Talent* VORAHNUNG. *In diesem Fall ortest du jede Abzweigung bereits aus weiter Ferne und hast genügend Zeit, dir zu überlegen, wohin du laufen möchtest.)*

Hals über Kopf hetzt ihr den eisigen Stollen entlang, in dessen Seiten sich weitere Abzweigungen auftun. Schließlich erreicht ihr eine Kreuzung. »Der reinste Irrgarten«, keucht Kjara neben deinem Ohr. Tatsächlich habt ihr das berüchtigte Eislabyrinth Lord Vorllons betreten. Besitzt du eine Karte dieses Tunnelsystems, *lies weiter bei dem Abschnitt, der der Anzahl der Strahlen des darauf abgebildeten Eiskristalls entspricht.*

Andernfalls musst du dich jetzt binnen zwei Sekunden entscheiden, ob du an der Kreuzung nach rechts (**123**), nach links (**143**) oder geradeaus laufen willst (**63**). (Solltest du irgendwo auf deiner Reise einen Tipp bekommen haben, wie man den Irrgarten auf dem schnellsten Weg durchquert, lies auf deinem **Abenteuerblatt** nach und setze ihn in die Tat um.)

76 Panisch schlägst du um dich, strampelst mit den Beinen, doch du kannst deinen Sturz nicht mehr abwenden! Schreiend fällst du etliche Dutzend Meter, bevor du mit vernichtender Wucht auf dem schleimbedeckten Steinboden eines Abwasserkanals aufschlägst, wobei du augenblicklich dein Leben aushauchst. Dein Abenteuer ist zu Ende, deine Mission bleibt unerfüllt.

77 »Ihr elenden Wichte!« Urplötzlich blitzt eine Messerklinge in Brancus'Kyms Faust auf. »Macht euer Testament!« Grobe Hände reißen dich hoch, du spürst kalten Stahl an der Kehle. Kein Zweifel: Dein letztes Stündlein hat geschlagen!

In diesem prekären Augenblick ertönt nicht weit entfernt ein hohes, weibliches Stimmchen: »Ich denke, mit ihrem Testament können die beiden sich getrost noch ein paar Jahrzehnte Zeit lassen!«

Die Räuber wirbeln herum. Im selben Moment senkt sich eine Wolke aus glitzerndem Staub auf sie herab. Panisch versuchen die Männer, die sonderbaren Partikel mit den Armen fortzuwedeln – ohne Erfolg. Der Glitzernebel hüllt sie ein, als handelte es sich um ein lebendes Wesen. Die Räuber taumeln, stürzen einer nach dem anderen zu Boden. Sekunden später liegen alle fünf laut schnarchend am Boden.

»Sieht aus, als wäre ich genau im rechten Moment gekommen«, bemerkt dieselbe Stimme, die zuvor gesprochen hat. Weiter bei **95**.

78 Mal-Swoob schnaubt erbost, weil du ihm seine Chance verbaut hast. Impulsiv knallt er einen neuen Kiesel auf das Brett:

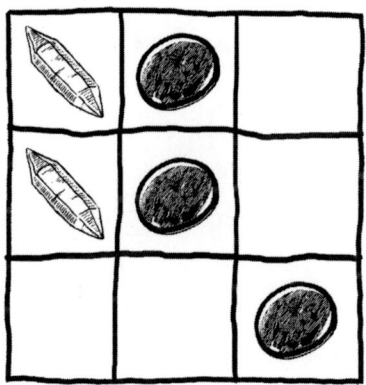

Du greifst gerade nach einem neuen Kristall, da hörst du Kjara hinter dir erleichtert auflachen. Du schaust noch einmal hin – und erkennst, dass dein Gegner einen dummen Fehler gemacht hat! Weiter bei **48**.

79 Du ziehst die Fackel aus der Halterung und öffnest die niedrige Tür. Dahinter liegt ein kleiner, quadratischer Raum mit allerlei seltsamen Gerätschaften. Da ist eine hölzerne Bank mit großen Drehkreuzen und aufgewickelten Stricken an den Enden; eine mannsgroße, aufrecht stehende Kiste, deren Innenwände mit dolchartigen Spitzen ausgekleidet sind; mehrere Kohlebecken und an den Wänden unzählige eiserne Zangen, Spieße und Sägen.

Im gleichen Augenblick, als dir dämmert, wo ihr hier gelandet seid, haucht Bolko dicht neben dir: »Eine Folterkammer!«

Tatsächlich scheint dieser Raum einst dazu benutzt worden zu sein, Menschen unvorstellbare Qualen zuzufügen. Die Bank mit den Stricken ist eine Streckbank, um Menschen in die Länge zu ziehen, der Kasten mit den Spitzen im Innern eine Eiserne Jungfrau. Zum Glück scheint es, als sei die ganze grässliche Ausrüstung schon lange nicht mehr in Gebrauch. Wie im Erdgeschoss ist auch hier alles von einer dicken Staubschicht bedeckt. Bolko wendet sich schaudernd ab und kehrt auf den Treppenabsatz zurück.

Du willst ihm gerade folgen, da siehst du neben einem der Kohlebecken etwas im Staub glitzern. Interessiert hebst du eine kleine, hübsch geschliffene Phiole aus Glas vom Boden auf. Sie ist mit einer dickflüssigen, bräunlichen Flüssigkeit gefüllt.

»Kommst du bald?«, nörgelt Bolko von draußen. »Hier ist es stockfinster ohne Fackel.«

Willst du einen Schluck von der Flüssigkeit in dem Fläschchen probieren? Wenn ja, weiter bei **214**. Wenn nicht, kannst du die Phiole entweder einstecken (vermerke sie in diesem Fall auf deinem **Abenteuerblatt**) oder liegen lassen. In jedem Fall verlässt du die Folterkammer anschließend und steigst, die Fackel fest in der Faust, zusammen mit Bolko die Treppe weiter hinab. Weiter bei **157**.

80 Gemäß Mansinius' Ratschlag folgt ihr dem Verlauf der Schlucht nach Osten. Nach gut einer Meile erkennt ihr vor euch zwei mächtige Pfeiler, an denen eine schmale, frei schwingende Hängebrücke befestigt ist, die auf die andere Seite führt.

»Keine zehn Pferde bringen mich auf dieses klapprige …«, beginnt Bolko, doch da bist du längst auf der Brücke. Sie zu überqueren, ist eine wacklige Angelegenheit, doch die Holzbohlen sind stabiler, als sie aussehen, und bis auf zwei oder drei noch alle intakt. Du zwingst dich, nicht in die bodenlose Tiefe unter dir zu blicken, und wenig später erreichst du wohlbehalten die andere Seite. Nach etlichen wohlmeinenden Aufmunterungen sowie der einen oder anderen Drohung setzt sich schließlich auch Bolko in Bewegung. Die Angst macht deinen Vetter leichtfüßig wie nie zuvor: Scheinbar ohne die Bohlen richtig zu berühren, flitzt er zu dir hinüber.

Ihr seid noch nicht lange in südlicher Richtung unterwegs, da erkennt ihr wie versprochen euer nächstes Ziel am Horizont: Hunderte riesiger Felsnadeln, jede breit wie ein Haus, ragen vor euch in den Himmel – die Finger von Brekkh.

»Jetzt müssen wir nur noch die Säule ganz in der Mitte finden«, tönt Bolko, als ihr zwischen den ersten Steinsäulen hindurchschreitet. Da dringt plötzlich ein gedämpfter Ruf an dein Ohr. Er kommt aus nächster Nähe und scheint von jemandem zu stammen, der sich in großer Not befindet! Möchtest du nachsehen, wer da um Hilfe ruft (weiter bei **13**), oder folgst du lieber Bolko, um den Mittelpunkt des Säulenfelds zu finden (**206**)?

81 Binnen weniger Augenblicke seid ihr umzingelt von stampfenden, blökenden Rintauren. Ihr Anführer tritt vor dich hin und mustert dich und deine Freunde misstrauisch. »Wer seid ihr und was führt euch in unser Reich?«, will er mit dröhnendem Bass wissen, der entfernt an das Muhen einer Kuh erinnert.
Willst du barsch entgegnen, dass ihn das nichts angeht und er euch in Ruhe lassen soll (weiter bei **200**)? Oder grüßt du ihn mit einer höflichen Verbeugung und erklärst, dass ihr Reisende auf der Suche nach den Bruchstücken von König Zardrus Zauberstab seid (**191**)?

82 »Lauf!«, zischst du Bolko ins Ohr und rennst los. Für einen Moment sieht es aus, als ginge dein Plan auf: Bevor die Wächter reagieren können, saust du zwischen ihnen hindurch und die schmale Gasse entlang, die hinter dem Tor tiefer in den Nebel führt. Als du einen Blick über die Schulter wirfst, siehst du allerdings, dass Bolko nicht viel Glück hat wie du. Gerade ein paar Schritte an den Wachen vorbei, tritt er in ein Schlagloch zwischen den Pflastersteinen – und strauchelt! **Befrag das Schicksal:** Erhältst du ᛏ, ᛚ, ᛞ oder ᛟ, weiter bei **246**, bei jeder anderen Rune bei **142**.

83 Erschrocken reißt ihr die Augen auf, als vor euch eine glitzernde Barriere sichtbar wird, die den ganzen Tunnel ausfüllt. »Ein magisches Teleportfeld!«, piepst Kjara neben dir – doch da seid ihr bereits aus vollem Lauf in die merkwürdige Erscheinung hineingeprescht. Du verspürst ein eigenartiges Kribbeln, als dich der Teleportationszauber auflöst und körperlos an einen anderen Ort versetzt … Weiter bei **208**.

84 Mit gierigen Fingern wurstelt Bolko allerlei Essbares aus seinem Rucksack. Statt leichtem, haltbarem Zwieback hat er belegte Brote, kaltes Hühnchenfleisch, Kuchen und Gläser mit süß eingelegten Binnli-Beeren einpackt. Schmatzend beginnt er, alles in sich hineinzustopfen. Du lässt dich ebenfalls unter einem Baum nieder und isst etwas Zwieback. (Streiche eine der vier Portionen von deinem **Abenteuerblatt**.) Als ein paar Minuten später zu Bolko hinüberschaust, glaubst du, deinen Augen nicht zu trauen: In der kurzen Zeit hat er *sämtliche* seiner Vorräte vertilgt – alles bis auf ein einzelnes, hartgekochtes Ei, das er mit wichtigtuerischer Miene in seinen Rucksack zurückpackt. »Das ist für später«, sagt er ernst. »Und jetzt ein Schläfchen!« Wütend springst du auf, zerrst deinen Vetter auf die Füße und erinnerst ihn an die drängende Aufgabe, die vor euch liegt. Unwillig maulend folgt dir Bolko die Straße entlang, nach **156**.

85 Im Näherkommen stellst du fest, dass die Fenster des Hauses mit Brettern vernagelt sind. »Sieht nicht so aus, als ob da noch jemand wohnt«, murmelst du.

Doch da steht Bolko bereits vor der Tür und hämmert wie ein Irrer mit der Faust gegen das Holz. »*Halloooo?* Ist da jemand?«

Augenblicke vergehen, dann hört man, wie auf der anderen Seite ein Riegel zurückgeschoben wird. Die Tür schwingt auf, und in der Öffnung erscheint ein breitschultriger Mann mit langem, fettigem Haar. Seine Kleidung starrt vor Dreck, eine schwarze Klappe bedeckt sein linkes Auge. Er wirkt alles andere als sympathisch, was deinen Vetter aber nicht davon abhält, sofort loszuplappern: »Seid gegrüßt, guter Mann. Ich bin Bolko der Große, und ich wollte höflich fragen, ob wir bei Euch …«

»Bolko der Große, wie?«, unterbricht ihn der Mann. Hinter ihm erscheinen weitere Gestalten und schieben sich an ihm vorbei ins Freie. Im Handumdrehen seid ihr von fünf grobschlächtigen Burschen umringt.

»Was für eine nette Überraschung!«, fährt der Kerl mit der Augenklappe fort. »Sicher wisst Ihr, ›Bolko der Große‹, dass ihr euch hier im Revier von Brancus'Kym befindet, dem berüchtigten Räuberhauptmann. Und Brancus'Kym …«, er zwinkert seinen Kumpanen zu und grinst hinterhältig, wobei er ein gelbes Gebiss voller abgebrochener Zähne sehen lässt, »… das bin zufälligerweise *ich!*« Urplötzlich hat jeder der Männer entweder einen massiven Knüppel oder ein Messer in der Hand.

»Ich glaube, die mögen ihr Essen nicht mit uns teilen«, bemerkt Bolko nervös. »Aber was wollen die von uns?«

»Das kann ich dir ganz genau sagen, Fettsack!«, brüllt Brancus'Kym und deutet auf eure Rucksäcke. »Gebt uns alles, was ihr besitzt, dann dürft ihr unbehelligt weiterziehen.«

Die Gauner sind in der Überzahl, in einem Kampf hättet ihr keine Chance gegen sie. Willst du ihnen eure Besitztümer aushändigen in der Hoffnung, dass sie euch gehen lassen (weiter bei **180**), oder wagst du einen Fluchtversuch (**192**)?

86 »Der Beruf des Stadtwächters muss anstrengend sein«, beginnst du vorsichtig. »Da bekommt man bestimmt Hunger. Hätten die Herren vielleicht Interesse an etwas Zwieback, vorzügliche Qualität?« Du hältst den Wachen zwei Portionen deiner Reiseverpflegung hin.

Als er begreift, dass du drauf und dran bist, euer kostbares Essen zu verschenken, öffnet Bolko entrüstet den Mund. Doch da haben sich die Wächter bereits gierig auf den Zwieback gestürzt. Mit lautem Schmatzen tun sich die ausgehungerten Männer an deinem Proviant gütlich (korrigiere dein **Abenteuerblatt** entsprechend). Erleichtert schiebst du Bolko vor dir her, an den Wächtern vorbei und die schmale Gasse hinter dem Tor entlang. Weiter bei **146**.

87 Als Zwarlak von deinem Pech mit dem Trank der Tumbheit hört, lässt er sofort seine besten Heiler herbeirufen. Du schilderst ihnen, was dir widerfahren ist, und in Windeseile mischen sie aus Wurzeln, Gräsern und anderen sonderbaren Zutaten, die du gar nicht näher kennen willst, ein Gegenmittel zurecht. Dir dreht sich fast der Magen um, als du die irdene Tasse mit dem dunkelbraunen, noch warmen Gebräu an die Lippen setzt – das Zeug schmeckt keinen Deut besser als der verfluchte Trank der Tumbheit selbst. Aber es wirkt! Schon wenige Minuten, nachdem du das Gefäß geleert hast, spürst du, wie deine besondere Gabe zu dir zurückkehrt. *Welches Talent du dir auch am Anfang deines Abenteuers ausgesucht hast, es funktioniert jetzt wieder einwandfrei!* (Vermerke dies auf deinem **Abenteuerblatt**.) Glücklich bedankst du dich bei den Heilkundigen für ihre Hilfe. Weiter bei **139**.

88 Mit wildem Gebrüll kommt die Räuberbande näher – und bleibt genau unter eurem Baum stehen. Du hältst vor Schreck den Atem an, als Brancus'Kym langsam den Kopf hebt und sein einziges Auge euch zielsicher zwischen den Blättern erspäht. »DA SIND SIE!«, brüllt der Räuberhauptmann. Sogleich schwingen sich drei seiner Männer zur Krone des Baums empor und zwingen euch zum Abstieg. Unten erwarten euch die anderen mit einem hämischen Grinsen im Gesicht und gezückten Messern in den Fäusten. *Wer soll jetzt Konduula retten?*, ist dein letzter Gedanke, bevor kalter Stahl vor deinen Augen aufblitzt und es Nacht wird um dich herum. Deine Mission ist gescheitert!

89 Glücklich leuchten Bolkos Augen im Dämmerlicht der Hütte, als du ihm eine deiner Zwiebackrationen hinhältst. Kurzerhand lässt er sich zwischen den Trümmern des zerlegten Stuhls nieder und beginnt selig zu mampfen, während du dich in Ruhe der Truhe widmen kannst. Die Kiste ist mindestens so alt wie die Hütte. Die ehedem kunstvoll verzierten Eisenbeschläge sind völlig verrostet, ebenso das Schloss. Ohne Probleme kannst du den morschen Deckel anheben. Auf dem Boden der Truhe liegt in einem Haufen aus vermoderten Pergamenten eine Halskette aus massiven Stahlgliedern. Ein hühnereigroßes Amulett aus Stein ist daran befestigt, auf dessen Vorderseite eine sonderbare Rune eingemeißelt ist. Als du sie betrachtest, kriecht eine Gänsehaut über deinen Rücken. Dies muss ein magisches Schriftzeichen von großer Macht sein! Vorsichtig verstaust du deinen Fund in deinem Rucksack (vermerke ihn in deinem **Abenteuerblatt**). Verfügst du über das Talent SCHRIFTENKUNDE, kannst du jederzeit zu **92** blättern, um mehr über die sonderbare Rune zu erfahren. (Merk dir in diesem Fall den Abschnitt, von dem du kommst, damit du anschließend dorthin zurückkehren kannst.)

Hinter dir beendet Bolko mit einem trockenen Rülpser seine Mahlzeit. Da es in der Hütte nichts weiter zu entdecken gibt, verlasst ihr sie und überquert die Lichtung, ohne dabei einem der seltsamen Pilzgewächse zu nahe zu kommen. Du ignorierst Bolkos Betteln um eine weitere Ration Zwieback und schlägst unbeirrt den Pfad ein, der in südlicher Richtung von der Lichtung fortführt. Weiter bei **67**.

90 Unauffällig öffnest du deinen Rucksack und schaust nach, was du den Stadtwachen geben könntest. Was möchtest du ihnen als Geschenk anbieten (vorausgesetzt, es befindet sich auf deinem **Abenteuerblatt**):

– zwei Portionen Zwieback (weiter bei **86**)?
– ein Paar lederner Schnürriemen (**217**)?
– eine violette Lommiak-Frucht (**175**)?

Besitzt du keinen von diesen Gegenständen, bleibt euch nichts anderes übrig, als euer Glück mit der Überrumpelungstaktik zu versuchen (weiter **82**).

91 Du überlegst scharf, wie du dich am besten vor dem Basilisk verbergen kannst … und deine Gabe hilft dir prompt, in dieser bedrohlichen Situation auf die einzig richtige Art und Weise zu reagieren. Weiter bei **29**.

92 Deine Gabe verrät dir, dass es sich bei der Rune auf der Vorderseite des Steinamuletts um ein Symbol aus dem Alphabet der Brømer handelt, eines zauberkundigen vercarischen Seefahrervolkes, das vor Tausenden von Jahren auf rätselhafte Weise aus Monravia verschwand. Das Zeichen gilt als ausgesprochen mächtig und wurde in früheren Zeiten in magischen Ritualen verwendet, die die Belebung toter Materie zum Gegenstand hatten. *Kehre nun zurück zu dem Abschnitt, von dem du kommst, und setze deinen Weg fort.*

93 Mit einem wütenden Zischen über die zerstörte Chance knallt Mal-Swoob seinen dritten Kiesel auf das Spielbrett:

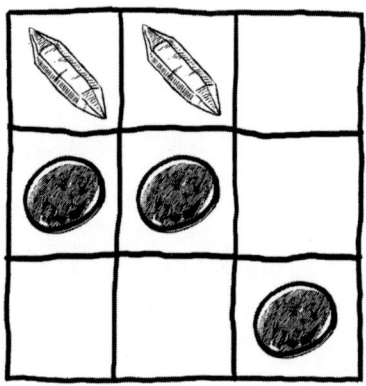

Sofort erkennst du, dass der Dämon, nur auf den eigenen Vorteil bedacht, einen Fehler gemacht hat. Jetzt bist du am Zug! Weiter bei **48**.

94 Nach einem kurzen Rundblick durch die verräucherte Gaststube entdeckst du an einem Tisch in einer dunklen Ecke einen breitschultrigen Mann mit wettergegerbtem Gesicht. Er macht einen weitgereisten Eindruck und scheint weder betrunken noch auf Ärger aus. Du trittst an seinen Tisch und fragst höflich, ob ihr euch zu ihm setzen dürft. Der Mann hat nichts dagegen. Nachdem ihr Platz genommen habt, berichtest du ihm von eurer Suche und fragst ihn, ob er etwas über den Aufenthaltsort eines der Zauberstabstücke weiß. Der

Mann, der sich euch als Olfans vorstellt, hat tatsächlich schon ganz Konduula sowie viele weitere Länder Monravias bereist. Natürlich weiß er auch von der Bedrohung durch den finsteren Gorlash. Als er hört, dass mit Zardrus Zauberstab eine echte Chance besteht, den Angriff der schwarzen Horden abzuwehren, ist er begeistert. »Dann ist also noch nicht alles verloren!«, ruft er aus. »Und unsere Chancen stehen gut, denn zumindest der Aufenthaltsort eines der drei Teile ist kein Geheimnis: Es befindet sich im Besitz der Eis-Elben, die im Innern des Plateaus von Ann'Tonn leben.«

Ihr bedankt euch bei Olfans, und du kehrst mit Bolko an euren Tisch zurück. Kjara indessen dreht noch eine rasche Runde durch den Schankraum, um aktuelle Neuigkeiten aufzuschnappen. Weiter bei **245**.

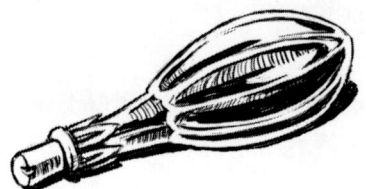

95 Wenige Meter vor dir schwebt eine Gestalt in der Luft, wie du noch nie eine gesehen hast: Sie ist kaum handspannengroß, hat goldenes, lockiges Haar und das Gesicht eines jungen Mädchens. Auf ihrem Rücken schwirren zwei Paar durchsichtiger Flügel, wie man sie von Libellen kennt. Beim Fliegen zieht das Geschöpf einen kaum merklichen Glitzerschweif hinter sich her.

»Ihr müsst Bolko der Große samt Gefolge sein«, stellt das fliegende Wesen fest und lächelt freundlich.

»Ich glaub, mich tritt ein Troll«, stammelt Bolko ungläubig. »Eine Alve!«

Ausnahmsweise hat dein Vetter einmal recht. Auch du hast schon viel vom magischen Volk der Alven gehört, aber bisher noch nie eine mit eigenen Augen gesehen.

»Mein Name ist Kjara, und: Ja, ich bin eine Alve«, verkündet euer Gegenüber und kichert. »Königin Alvina, die Herrscherin meines Volkes, hat durch den Rat der Zauberer von eurer Mission erfahren. Sie war der Ansicht, dass ihr auf der Suche nach dem Vermächtnis König Zardrus Hilfe gebrauchen könntet. Daher hat sie mich geschickt, euch zu unterstützen.«

»Hilfe? Pah!« Dein Vetter reckt trotzig die Nase in die Luft. »Bolko der Große braucht keine Hilfe.«

»Ach nein?« Die Alve verschränkt demonstrativ ihre Ärmchen. »Das hat man ja eben trefflich gesehen. Aber gut, wie du willst. Dann gehe ich wieder … und das hilfreiche Geschenk, das Königin Alvona mir für die beiden ›tapferen Helden‹ mitgegeben hat, nehme ich auch gleich wieder mit. Kein Problem.«

»Immer mit der Ruhe, ihr beiden!« Du hebst diplomatisch die Arme. »Wir freuen uns, dass du uns helfen willst, Kjara«, erklärst du. »Unsere bisherige Reise war beschwerlich und noch nicht sehr erfolgreich, daher sind wir für jede Unterstützung dankbar. *Ist es nicht so, Bol-*

ko?« Du schießt einen messerscharfen Seitenblick zu deinem Vetter hinüber, der daraufhin kleinlaut seine Fußspitzen betrachtet und etwas Unverständliches vor sich hinmurmelt.

Ein Lächeln tritt auf Kjaras Gesicht. »Prima! Dann lasst uns sogleich gen Westen aufbrechen. Am Ufer des Tloho-Sees liegt Alvona, die Stadt der Alven. Als ich sie verließ, war Königin Alvina gerade dabei, Nachforschungen über den Aufenthaltsort eines der Zauberstabstücke anzustellen. Mittlerweile müsste sie …«

»Wir wissen selber, wo wir zu suchen haben«, brummt Bolko in seinen nicht vorhandenen Bart. »Südlich von hier liegen weitläufige, wenig erforschte Landstriche. Ich bin sicher, dort finden wir die verflixten Teile.«

Kjara sieht ihn mit gerunzelter Stirn an und sagt schnippisch: »Von mir aus können wir auch direkt nach Süden ziehen, *Herr* Bolko. Wenn ihr wissentlich auf nützliche Hinweise verzichten wollt …«

Wie es aussieht, bleibt die Entscheidung an dir hängen: Stimmst du zu, zunächst die Stadt der Alven zu besuchen und den Rat ihrer Königin einzuholen (weiter bei **222**)? Oder befürwortest du den direkten Weg nach Süden, um ohne Verzögerung eure Suche fortzusetzen (**197**)? Wenn du dich zu allererst bei Kjara nach dem »hilfreichen Geschenk« erkundigen willst, das sie vorhin erwähnt hat, weiter bei **49**.

96 Rasch eilt ihr an dem Tier vorüber. Ihr habt die klaffende Öffnung in der Vorderseite des Hügels beinahe erreicht, als Kjara sich über die Schulter umsieht und einen quiekenden Schreckenslaut ausstößt. Du drehst den Kopf und erkennst, dass es sich bei der Kreatur, die gerade die letzten Schlammbrocken von ihrem Körper abschüttelt, um ein eidechsenähnliches Tier handelt, auf dessen Hals der Kopf eines Hahns sitzt.

»Ein Basilisk!«, ruft Kjara schrill. »Wenn uns sein Blick trifft, erstarren wir zu Stein!«

Alarmiert beobachtest du, wie sich der Basilisk mit seinen kurzen Echsenbeinen Matschreste aus den Augen wischt … gleich kann er euch mit seinem tödlichen Blick fixieren! Was willst du tun? Bleibst du stocksteif stehen (weiter bei **29**), oder nimmst du die Beine in die Hand und ergreifst die Flucht (**103**)? Verfügst du über das Talent VERBERGEN, geht es weiter bei **91**. (Das Talent TIER-SPRACHE – falls du es besitzt – nützt dir bei dieser Kreatur nichts, da Basilisken keine eigene Sprache besitzen. Sie denken in abstrakten Bildern und Formen, die sich mit Worten nicht erfassen lassen.)

97 Mit geschwellter Brust baut sich Bolko vor dem Händler auf. »Seid gegrüßt, Alter«, ruft er nicht gerade höflich. »Ihr kommt genau richtig, um Bolko dem Großen, dem künftigen Retter von Konduula, einen wichtigen Dienst zu erweisen.« Er deutet auf den Planwagen, dann auf die Straße, die um den Wald von Kwalm herumführt. »Wir sind auf dem Weg nach Süden, und Ihr werdet uns auf Eurem klapprigen Gefährt mitnehmen.« Verdutzt über so viel Unverfrorenheit starrt der Mann euch an. Du schlägst dir mit der Hand vor die Stirn – kaum von zu Hause fort, schon nutzt dein Vetter jede Gelegenheit, alles falsch zu machen! Du musst retten, was zu retten ist. **Befrag das Schicksal:** Erhältst du ᛏ, ᚱ oder ᛉ, weiter bei **127**. Ist das Ergebnis eine andere Rune, weiter bei **182**.

98 Mit stolz geschwellter Brust tritt Bolko einen Schritt nach vorne und ruft: »Was läuft und hat doch keine Beine?«

Gorgoloss glotzt deinen Vetter einen Augenblick lang verdutzt an. Dann grinst er und lässt unzählige dolchartige Zähne aufblitzen. »Du kleiner Narr«, grollt er, dass die Wände der Höhle zu erbeben scheinen. »Auch wenn Drachen niemals Schnupfen bekommen, so weiß ich doch die Antwort auf deine alberne Frage: Die *Nase* läuft und hat doch keine Beine. Korrekt, Winzling?«

Stotternd und stammelnd tritt Bolko zurück und versucht, sich unauffällig hinter dir zu verstecken. Der Drache beginnt sich zu recken und zu strecken, öffnet seinen immensen Rachen und kommt langsam, aber bedrohlich näher.

»Halt«, ruft Kjara mit bebender Stimme. »Wir hatten eine Abmachung, erinnert Ihr Euch? Eure Frage wurde korrekt beantwortet, also müsst Ihr uns gehen lassen!«

»Tatsächlich?« Gorgoloss scheint zu überlegen, dann klappt er enttäuscht sein Maul wieder zu. »Ich fürchte, du hast Recht.« Grollend rollt er sich auf seinem blinkenden Hort zusammen und macht eine ungehaltene Geste mit der Vorderpranke. »Hinfort mit euch, aber flink. Wenn ich euch noch innerhalb meines Berges riechen kann, sobald ich bis zehn gezählt habe, vergesse ich vielleicht die Regeln des Rätselspiels und gönne mir doch noch eine kleine Zwischenmahlzeit! *Eins …*«

Ihr nehmt die Beine in die Hand und kehrt auf demselben Weg, auf dem ihr gekommen seid, an die Oberfläche zurück. Keuchend, aber erleichtert, dem Drachen lebendig entronnen zu sein, erreicht ihr die Freiheit und lasst im Licht der Abenddämmerung den Berg Bror hinter euch. Als Bolko deine enttäuschte Miene bemerkt, legt er dir eine Hand auf die Schulter. »Lass den Kopf nicht hängen. Der Lindwurm hat doch bloß geblufft. Jede Wette, dass er gar kein Teil des Zauberstabs besaß.«

Du hoffst, dass dein Vetter wenigstens dieses eine Mal recht hat. Weiter bei **201**.

99 Die restliche Fahrt über den Fusselik verläuft ohne besondere Vorkommnisse. Nach einer weiteren Nacht an Bord erreicht die RIESENZWERG gegen Nachmittag einen verlassenen Handelsstützpunkt, wo ihr Kapitän Olver anzulegen bittet. Ihr verabschiedet euch von ihm und den anderen Passagieren und verlasst das Schiff. Nach einem kurzen Fußmarsch kommt am Horizont ein gewaltiger, kantiger Umriss in Sicht, der im rotgoldenen Licht der tief stehenden Sonne schillert, als bestünde er aus purem Diamant. Weiter bei **181**.

100 Während du der Großen Allee zielstrebig nach Süden folgst, musst du immer wieder anhalten und auf den keuchenden Bolko warten, der abwechselnd seinen Schuhmacher verflucht (»Verflixte Stiefel! Ich hab bald mehr Blasen an den Füßen als Haare auf dem Kopf.«) oder sich über sein Gewicht beschwert (»Ich wünschte, ich hätte zu Hause das eine oder andere Brathühnchen weniger gegessen, dann wäre ich jetzt leichtfüßig wie ein Grashüpfer.«). Deiner Schätzung nach müsstet ihr eigentlich bald die Abzweigung nach Sloggart erreichen, die Marlara bei eurer Abreise erwähnt hat. Du hast schon von dieser Stadt am südlichen Rand des Gebirges von Phmek gehört. Gerüchten zufolge ist der Ort tagein, tagaus von dichtem, weißem Nebel verhüllt, und seine verwinkelten Straßen und Gässchen sollen schon manchen Auswärtigen in die Irre geführt haben.

Deine Gedanken werden jäh unterbrochen, als du aus der Ferne ein klapperndes Geräusch vernimmst: eisenbeschlagene Pferdehufe auf harten Pflastersteinen. Ein Reiter nähert sich! Du bleibst stehen. Vor euch beschreibt die Große Allee eine Biegung, aufgrund der Bäume und Büsche zu beiden Seiten kannst du nicht erkennen, was dahinter liegt. Während du dem rhythmischen Klopfen der Hufe lauschst, verspürst du ein merkwürdiges Kribbeln in der Magengegend. Vielleicht wäre es besser, sich in einem Gebüsch am Rand der Straße zu verbergen, bis der Reisende vorbei ist? Da rempelt Bolko von hinten gegen dich. »Was ist los?«, erkundigt er sich. »Machen wir endlich Pause?«

Du schüttelst den Kopf. »Ein Reiter kommt. Ich weiß nicht, ob wir …«

»Oh, prima!« Bolko reibt sich die Hände. »Den können wir um was zu beißen anhauen.«

Das Hämmern der Hufe auf dem Pflaster wird immer lauter – gleich ist der Berittene heran. Du musst dich entscheiden: Willst du in den Büschen am Rand der Straße Deckung suchen (weiter bei **35**), oder hältst du diese Vorsichtsmaßnahme für übertrieben und wartest lieber ab, was geschieht (**241**)? Verfügst du über das Talent VORAHNUNG, weiter bei **171**.

101
Kennst du das Zauberwort, um dieses magische Amulett zu aktivieren? Wenn ja, *zähle die Buchstaben des Wortes und verdopple die erhaltene*

Zahl. Das Ergebnis gibt dir den Abschnitt an, bei dem du weiterlesen musst. Kennst du das Zauberwort nicht, musst du es entweder mit einer alten Messingpfeife (weiter bei **166**) oder einer Handvoll Knoblauchzehen versuchen (**236**) – oder, falls du nichts von beidem besitzt, dein Heil in der Flucht suchen (**114**).

102 Du wartest, bis die Gestalt herangekommen ist. In dem grünlichen Leuchten, das von ihrem Kopf ausgeht, erkennst du eine gebückte, uralte Frau in zerlumpten Kleidern. Um den Kopf trägt sie ein Lederband, an dem ein taubeneigroßer, glühender Stein befestigt ist. Er gibt das eigentümliche Licht ab.

Du fasst dir ein Herz und grüßt sie freundlich. Die Alte richtet ihre eigentümliche Kopflampe auf dich, dann ertönt ihre Stimme, rau und kratzig wie ein Reibeisen. »Fremde in Sloggart? Das bedeutet, Ihr seid verzweifelt auf der Suche nach etwas ... oder total verrückt.«

Während Bolko noch zu überlegen scheint, was von beidem zutrifft, deutest du auf den sonderbaren glühenden

Stein. »Euer Licht hat uns erschreckt«, gibst du zu. »Was ist das?«

»Dies ist ein Stück Glimmerit«, krächzt die Greisin. »Ein magisches Gestein, das in den Tiefen des Berges Brezniak gewonnen wird, nicht weit von hier.« Sie greift sich mit einer zittrigen Hand an die Stirn, bevor sie fortfährt. »Die einzige Art Licht, die den Nebel von Sloggart durchdringen kann. Glimmerit leuchtet vom Tage seiner Förderung an elf Jahre, elf Monate und elf Tage in strahlendem Grün. Dann zerfällt es zu stinkendem schwarzem Schlamm.«

Du erkundigst dich, ob die Alte zufällig einen Gelehrten namens Mansinius kennt. Ihr faltiges Gesicht hellt sich bei der Erwähnung des Namens merklich auf. »Welcher Bürger dieser Stadt kennt Mansinius nicht?«, erwidert sie. »Menschen kommen von weither, um an seiner Weisheit teilzuhaben.«

»Könnt ihr uns sagen, wo er wohnt?«, fragst du hoffnungsvoll.

»Wo er wohnt? Das weiß die gute Emmra nicht mehr. Früher, ja früher wusste sie das wohl … aber Emmra ist alt, sehr alt. Außerdem tun so viele Jahrzehnte mit Glimmerit an der Stirn dem Gedächtnis nicht wohl.« Sie hebt den Arm und deutet wirr mal in die eine, mal in die andere Richtung. »Haltet euch … *rechts*«, hustet sie. »So kommt ihr zu Mansinius. Ja! Sein Haus erkennt ihr leicht: Eine große Monduhr ist an der Fassade angebracht.« Sie richtet ihren Blick und damit auch den Leuchtkegel des

Glimmeritsteins nach unten, vor ihre Füße. »Nun muss die alte Emmra sich auf den Weg machen. Lebt wohl!« Sie setzt sich in Bewegung und schlurft davon. Wenige Schritte weiter hat der Nebel sie verschluckt.

Bolko atmet erleichtert auf. »Hab doch gleich gewusst, dass die Alte harmlos ist«, behauptet er. »Und jetzt?«

Schweigend wägst du ab, was die Frau gesagt hat. Wählst du den Weg nach rechts (weiter bei **62**) oder den nach links (weiter bei **204**)?

103 Unsicher setzt du dich, gefolgt von Bolko, auf dem rutschigen Untergrund in Bewegung. Neben dir zischt Kjara wie ein Blitz durch die Luft, und für einen Moment sieht es so aus, als könntet ihr aus dem Gesichtsfeld des Basilisken entkommen, bevor er seinen todbringenden Blick auf euch richten kann. Da rutscht Bolko plötzlich aus und klatscht der Länge nach in den Matsch! **Befrag das Schicksal:** Erhältst du ᚠ, ᚱ oder ᛉ, weiter bei **205**, bei jeder anderen Rune bei **193**.

104 Das Vorankommen auf dem schmalen Trampelpfad ist mühselig. Immer wieder müsst ihr dicke Schlingpflanzen beiseitezerren oder mit euren Messern zerschneiden, die sich wie riesige Spinnennetze quer über den Pfad spannen. Je weiter ihr kommt, desto nörgeliger wird Bolko. Der Hunger setzt ihm mehr und mehr zu, nur mit Mühe kannst du ihn davon abhalten, die knallroten Schoten eines Buschs zu probieren, denen jedes Kleinkind auf hundert Ellen Entfernung ansehen würde, dass sie hochgiftig sind. Wenig später macht der Weg einen Knick nach rechts und führt zurück in westliche Richtung. Weiter bei **42**.

105 Der Dämon macht eine knappe Handbewegung, und aus dem Hintergrund schwebt eine polierte weiße Steintafel heran, deren Oberfläche durch schwarze Linien in neun exakt gleich große Quadrate unterteilt wird. Dicht vor dir verharrt das Spielbrett bewegungslos in der Luft. Als nächstes gleiten zwei Schüsseln heran. In einer liegt ein Häufchen fein geschliffener, regenbogenfarbener Bergkristalle, in der anderen ein Berg schmutzig-grauer Kieselsteine. »Die Regeln des Spiels sind ebenso einfach wie genial«, zischt Mal-Swoob und deutet auf die Schüsseln. »Die Spieler setzen abwechselnd je einen Stein, der eine Kiesel, der andere Kristalle. Gelingt es einem, eine Linie aus drei gleichen Steinen zu bilden, sei es horizontal, vertikal oder diagonal, hat er gewonnen.« Der Dämon starrt dich aus den Tiefen seiner flammenumzüngelten Augenhöhlen hämisch an. »Als Gast überlasse ich dir die Kristalle. Dafür gebührt mir als Hausherr der erste Zug!« Unter nervenzerreißendem Gelächter nimmt er einen Kieselstein aus der Schüssel und knallt ihn vor dir auf die schwebende Platte. Dann bist du an der Reihe: Du ergreifst einen Kristall und überlegst, wohin du ihn setzen sollst.

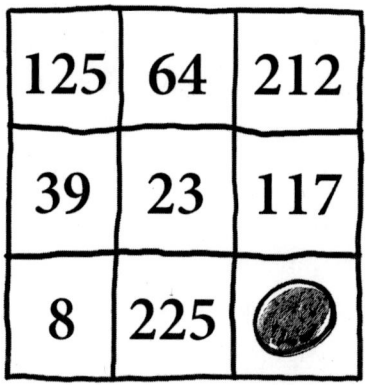

Entscheide dich für eines der Felder und lies beim entsprechenden Abschnitt weiter. Solltest du über das Talent VORAHNUNG verfügen, lies weiter bei **55**.

106 In der dumpfen, knirschenden Sprache seiner Rasse befiehlst du dem Felsbeißer, den Jungen in Ruhe zu lassen. Die Echse reagiert verdattert, als sie die Worte vernimmt – ebenso wie Bolko, der mit etwas Verspätung ebenfalls den Ort des Geschehens erreicht. Plötzlich wirkt das Tier gar nicht mehr so aggressiv. Grollend erklärt es dir, dass es lediglich sein Territorium verteidigen wollte, in das der geflügelte Junge eingedrungen sei. Nach kurzer Diskussion willigt der Felsbeißer ein, den Knaben in Ruhe zu lassen. Mit einem tiefen Knurren wendet er sich ab und verschwindet zwischen den Steinsäulen. Erleichtert gehst du zu dem Verletzten und hilfst ihm auf. Weiter bei **22.**

107 Bolko ist nicht begeistert, als du Anstalten machst, geradeaus weiterzugehen. »Auf deine Verantwortung«, nörgelt er, während er lustlos hinter dir herstolpert. »Ich mag nämlich keine Ratten. Die Biester fressen einem die Vorräte weg, hinterlassen Dreck, und nicht mal essen kann man sie …«
Bevor dein Vetter ausgeredet hat, taucht vor dir im Nebel plötzlich ein massiger Schatten auf. Im selben Moment stößt Bolko hinter dir ein entsetztes Quieken aus. Du wirbelst herum. Auch in der Mündung der Gasse steht jetzt eine hoch aufgerichtete Gestalt. Sie hat einen langen, spitzen Kopf und ein Maul mit gewaltigen Nagezähnen. Überall ringsum beginnt es jetzt zu rascheln und zu trippeln, als mehr und mehr Rattenmenschen aus ihren Verstecken hervorkommen. Die Kreaturen packen euch, und in halsbrecherischem Tempo geht es die schmale Gasse entlang, durch Kellergeschosse halb verfallener Häuser und in die gähnende Öffnung eines riesigen Ab-

flussrohrs. Fäulnisgestank raubt dir den Atem, als man euch durch schleimtropfende Tunnelröhren tiefer und tiefer in die Kanalisation Sloggarts schleift. Schließlich stoßen euch die Rattenwesen in eine kleine, runde Kammer, eine schwere Eisentür fällt hinter euch ins Schloss, dann seid ihr allein.

Als sich deine Augen an die Dunkelheit gewöhnt haben, erkennst du ringsum Haufen schimmliger Getreidesäcke und angenagter Käseleiber, fauliges Gemüse und Fässer, von denen säuerlicher Biergeruch ausgeht.

»Was denkst du, warum die uns ausgerechnet in ihre Vorratskammer gesperrt haben?«, erkundigt sich Bolko zögerlich.

Das kannst du dir nur zu gut denken. Verzweifelt rüttelst du an der schweren Tür, doch sie bewegt sich keinen Millimeter. Ihr seid dazu verdammt auszuharren, bis die Rattenmenschen euch zum Abendessen abholen – dessen Hauptgang ihr seid! Eure Mission nimmt ein unappetitliches, tragisches Ende.

108 Rechter Hand taucht eine Abzweigung in der spiegelnden Eiswand auf. Willst du sie einschlagen (**223**) oder geradeaus weiterrennen (**189**)?

109 Ihr verlasst die Straße und marschiert auf die Baumgrenze zu. Dicht und undurchdringlich ragt die Wand aus Stämmen, Unterholz und Buschwerk vor euch auf. Glücklicherweise entdeckst du rasch eine Art Trampelpfad, der auf direktem Weg in die Wildnis hineinführt. Kaum betretet ihr den Wald, wird es schlagartig finster um euch herum. Im Schatten der dichten Baumkronen wirken die Steine und Luftwurzeln zu euren Füßen wie fremdartige, stumme Tiere. Sofort fällt dir die ungewöhnliche Stille auf. Weder Tierlaute noch Blätterrauschen dringen an deine Ohren … nichts außer dem leisen Knirschen eurer Schritte. Es scheint, als hielte die Natur den Atem an – aus Angst vor etwas, das sich irgendwo im Herzen des Waldes verbirgt?

»Mir gefällt's hier nicht«, spricht Bolko aus, was du gerade denkst.

»Wir werden schon bald wieder Sonnenlicht sehen«, beschwichtigst du ihn. »Es kann nicht mehr als ein halber Tagesmarsch zum südlichen Rand des Waldes sein.«

Nach einer Weile erreicht ihr eine Kreuzung. Der quer verlaufende Weg ist breiter und scheint regelmäßig von Tieren oder anderen Waldbewohnern benutzt zu werden. Besonders linker Hand, in Richtung Osten, siehst du etliche geknickte Zweige ab Wegesrand, und der Boden wirkt zertrampelt.

»Was jetzt?«, will Bolko wissen.

Willst du dem ausgetretenen Pfad nach Osten folgen, weiter bei **188**. Bist du für den westlichen, weiter bei **21**. Hältst du es für das Beste, geradeaus, also in südliche Richtung weiterzugehen, weiter bei **42**.

110 Ihr verabschiedet euch von Mansinius und dankt ihm für seine Auskünfte. Auf demselben Weg, den ihr gekommen seid, kehrt ihr zum Stadttor zurück. Die Nischen der Wachen sind glücklicherweise unbesetzt, sodass ihr das Tor ohne Zwischenfälle passieren könnt. Draußen wendet ihr euch nach Süden, die Richtung, in der die Finger von Brekkh liegen sollen.

Kaum eine halbe Stunde später stoßt ihr auf ein unerwartetes Hindernis: Eine Schlucht, viele Steinwürfe breit, klafft vor euch im Boden. Sie ist so tief, dass ihr den Boden nicht erkennen könnt, und erstreckt sich von Westen nach Osten, so weit das Auge reicht.

»Verflixt! Das war ja wieder klar«, schnauft Bolko und wirft einen Blick auf eure Landkarte. »Dass zwischen uns und diesen dämlichen Steinfingern ganz zufällig das tiefste Loch der Welt liegen muss.« Stöhnend fährt er mit seinem dicken Zeigefinger auf der Karte herum. »Wie ich das sehe, müssen wir jetzt den ganzen blöden Weg zu Großen Allee zurücklatschen und von dort nach Süden, bis zu diesem Fluss hier, dem Armm. Wenn wir uns dann nach Osten halten, müssten wir die Schlucht umgangen haben.« Seufzend gibt er dir die Karte zurück. »Jede Wette, dass es auf dem ganzen Weg wieder kein einziges Gasthaus gibt!«

Du inspizierst die Karte und kommst zum selben Schluss wie dein Vetter. Ihr müsst die Klamm von Slogg umwandern – *es sei denn, du kennst einen kürzeren Weg zu den Fingern von Brekkh? In diesem Fall weißt du, wo du jetzt weiterlesen musst.* Ansonsten setzt du dich seufzend in Richtung der sinkenden Sonne in Bewegung. Weiter bei **9**.

111 Bevor du dich zu Boden werfen kannst, erscheint vor dir ein gewaltiger Feuerball, der den ganzen Tunnel ausfüllt. Grell lodernd rast er heran – und verbrennt Bolko, Kjara und dich gedankenschnell zu feiner, grauer Asche! Das gehässige Lachen, das kurz darauf aus der Tiefe heraufdringt, vernimmt keiner mehr von euch. Dein Abenteuer ist zu Ende, deine Heimat dem Untergang geweiht.

112 Zu welchem der folgenden Gegenstände willst du Mansinius um Rat bitten (sofern er sich auf deinem **Abenteuerblatt** befindet):

– ein steinernes Amulett mit einer rätselhaften Rune darauf (weiter bei **185**)?

– eine alte, angelaufene Pfeife aus Messing (**248**)?

Besitzt du nichts von beidem, hältst du es für das Beste, euren Besuch bei dem weisen Mann zu beenden. Weiter bei **110**.

113 Du erklärst Diavlik höflich, dass du seine Karte nicht brauchst. Er starrt dich verwundert an, dann erhebt er sich von seinem Stuhl und macht einen Schritt auf dich zu. Du weißt nicht wieso, aber irgendwie wirkt das schmächtige Bürschchen mit einem Mal richtig bedrohlich. In diesem Augenblick öffnet sich die Tür, und Kjara schwebt in den Raum, einen glitzernden Silberschweif hinter sich herziehend. Als ihr Blick auf Diavlik trifft, stößt der kleine Mann ein schrilles Fauchen aus. Plötzlich – du glaubst deinen Augen nicht zu trauen – färbt sich sein Gesicht knallrot, seine Ohren werden lang und spitz, und zwei fingerlange Hörner bohren sich durch die Haut seiner Stirn. Mit einem Ruck entledigt er sich seiner Kleidung, unter der ledrige, rote Schwingen und ein langer, gepfeilter Schweif zum Vorschein kommen. Kjara setzt eine kämpferische Miene auf und schwebt geradewegs auf das Wesen zu, das ein entsetztes Kreischen ausstößt. Es reißt das Fenster auf, schwingt sich hindurch und fliegt mit ungelenken Flügelschlägen durch den prasselnden Regen davon.

»Was … was war das?«, hauchst du.

»Ein Teufling«, erwidert Kjara und landet auf dem Tisch. »Eine Kreatur der Unterwelt, die menschliche Gestalt angenommen hat, um böse Streiche zu spielen und sich am Leid seiner Opfer zu weiden. Ein Glück, dass er fort ist – diese Kerle können ganz schön lästig werden.«

»Aber wieso hat er …«

»Seine Tarnung aufgegeben? Die Teuflinge hassen uns Alven seit Anbeginn der Zeit. Sie können unsere Gegenwart nicht ertragen. Deswegen musste Diavlik in seine Urform zurückwechseln.« Weiter bei **99**.

114 Panisch rennt ihr die Treppe zur Eingangshalle hinunter, eingehüllt in ein Gewimmel aus flatternden, kreischenden Fledermauskörpern. Ledrige Schwingen klatschen in dein Gesicht, scharfe Krallen zerren an deinen Haaren … aber ihr schafft es! Mit letzter Kraft erreicht ihr die Eingangstür und knallt sie hinter euch zu. Bevor die Fledermäuse euch durch die Löcher im Gebälk nach draußen folgen können, rennt ihr den Hügel hinab und eilt zur Großen Allee zurück. Wohlbehalten erreicht ihr die Straße. Doch die hektische Flucht ist nicht ohne Auswirkungen geblieben: In der Eile hast du etwas aus deinem Rucksack verloren, der nicht fest genug verschnürt war. (Streiche einen beliebigen Gegenstand von deinem **Abenteuerblatt**.) Wütend funkelst du deinen Vetter an, dessen Idee es ja war, das Landhaus unter die Lupe zu nehmen. Weiter bei **30**.

115 Starr vor Angst beobachtest du, wie das Wolfsrudel auf der Suche nach Fressbarem um euer Lager herumstreicht. Du musst etwas unternehmen, bevor die Tiere Bolko und dich anfallen! Ganz vorsichtig streckst du einen Arm aus und weckst deinen Vetter. Zu deiner Erleichterung erfasst er die gefährliche Lage sofort und verzichtet zur Abwechslung auf einen dummen Spruch. Lautlos erhebt ihr euch und schleicht rückwärts, Schritt für Schritt, vom Lager fort … **Befrag das Schicksal:** Erhältst du ᚾ, ᛗ, ᛚ, ᛝ oder ᛉ, weiter bei **3**, bei jeder anderen Rune bei **203**.

116 Vorsichtig nähert ihr euch der steinernen Hütte. Sie wirkt uralt und hat keine Fenster, so dass nur durch die kleine Tür ein wenig Licht ins Innere fällt. Drinnen hängen Spinnweben wie Schleier von der niedrigen Decke. Ein grob gezimmerter Tisch mit zwei Stühlen steht in der Mitte des Raumes. Ganz hinten, in einer Ecke, erkennst du den rechteckigen Umriss einer alten Holztruhe. Neugierig machst du einige Schritte darauf zu. In diesem Moment ertönt hinter dir ein berstendes Krachen! Du wirbelst herum und siehst Bolko, der inmitten eines Haufens morscher Holzstreben auf dem Boden sitzt – das einzige, was sein schwerer Hintern von einem der brüchigen Stühle übrig gelassen hat. »Nicht mal vernünftig rasten kann man hier«, zetert er und rappelt sich hoch. »Lass uns wieder verschwinden, in Ordnung?«

Willigst du ein, die Hütte und auch die Lichtung zu verlassen, weiter bei **67**. Möchtest du dich erst noch etwas im Innern der Hütte umsehen und die Truhe in Augenschein nehmen, musst du Bolko entweder eine Ration von deinem Zwieback geben – falls du noch eine besitzt –, damit er für ein paar Minuten beschäftigt ist (weiter bei **89**), oder ihn hinausschicken mit der Anweisung, draußen auf dich zu warten (**207**).

117

Du legst einen Kristall an die Stelle, die du dir ausgesucht hast. Mal-Swoob stößt ein gehässiges Grunzen aus und platziert seinen zweiten Kiesel:

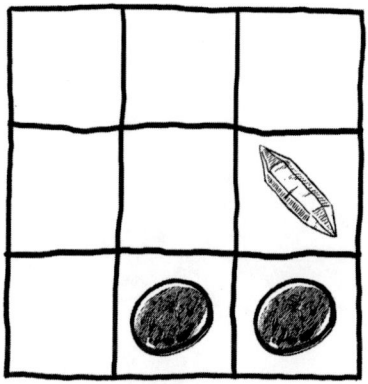

Dir bleibt keine andere Wahl, als deinen zweiten Kristall nach links unten zu setzen, damit der Dämon dort keine Dreierreihe bilden kann. Weiter bei **148**.

118

Dein Stand auf der glatten Schräge ist nicht sicher genug, um beiseite zu springen. Als Bolko in dich hineindonnert, reißt er dich augenblicklich mit. Verzerrt hallen eure Schreie von den glatten Wänden der Rinne wider, während ihr strampelnd abwärts schießt. Kjara schwirrt verzweifelt hinter euch her, kann jedoch nichts unternehmen, um euch zu helfen. Schneller und schneller schießt ihr dahin, bis die Rinne hunderte Meter tiefer in eine riesige Höhle mündet – und ihr direkt in den aufgesperrten Rachen einer mächtigen Panzerechse segelt, die sich dort in aller Seelenruhe postiert hat! Ihr endet als wohlschmeckende Zwischenmahlzeit für Gorgoloss den Drachen. Dein Abenteuer ist zu Ende. Nichts kann Konduula jetzt noch retten.

119 So leer und unbewohnt die Wildnis beiderseits der Großen Allee wirken mag – sie ist es nicht! Um die Mittagszeit habt ihr eine unerwartete Begegnung … *Merk dir diesen Abschnitt, damit du später hierher zurückkehren kannst, und gehe dann zu 147, um zu sehen, wer oder was euch in der Steppe über den Weg läuft!* Anschließend setzt ihr euren Weg bei **37** fort.

120 Du lässt den schweren Klopfer mehrmals gegen das Holz krachen. Nach einigen Augenblicken wird die Tür geöffnet. Umrahmt vom goldenen Schein unzähliger Kerzen taucht eine bemerkenswerte Gestalt darin auf. Mansinius – du hast keinen Zweifel, dass es sich um den berühmten Gelehrten handelt – ist größer, als du es von einem alten Mann erwartet hättest. Schlank, in eine weiße Tunika gehüllt, überragt er Bolko und dich um mindestens zwei Köpfe. Seine Augen, die euch interessiert mustern, sind von einem hellen Grau, die Nase lang und spitz. Das Bemerkenswerteste jedoch ist sein Bart: Wallend reicht er bis auf den Bauch des Alten hinunter, und er ist von so strahlendem Weiß, sodass es beinahe aussieht, als hätte sich Mansinius einen Schal aus dichtem Sloggart-Nebel um den Hals gewickelt.

»M-Meister Mansinius?«, fragst du vorsichtig.

»Der bin ich«, entgegnet dein Gegenüber ruhig. »Und ihr seid Reisende aus der Ferne, die eine Gefälligkeit oder Information von mir erbitten wollen. Habe ich Recht?«

In diesem Augenblick drängt sich Bolko grunzend an dir vorbei und unter Mansinius' Arm hindurch ins Innere des Hauses. »Eine scheußliche Stadt«, verkündet er und schüttelt wie ein nasser Hund die Feuchtigkeit von seinen Kleidern. »Dieser nervige Nebel … jede Wette, dass er magischen Ursprungs ist!«

»Diese Wette würdest du verlieren«, erwidert Mansinius kühl, während er dich mit einer knappen Geste ebenfalls hereinbittet und die Tür schließt. »Beim Nebel von Sloggart handelt es sich um vulkanische Gase, die aus Felsspal-

ten im nahen Bergmassiv aufsteigen. Diese Dämpfe behindern zwar die Sicht, dafür haben sie bei regelmäßigem Einatmen einen erfreulichen Nebeneffekt: Sie verlängern das Leben.« Als er Bolkos ungläubigen Blick bemerkt, fährt der Weise nickend fort: »Die gute Emmra, eine der ältesten Bewohnerinnen unserer Stadt, hat kürzlich ihren dreihundertzwölften Geburtstag gefeiert.« Er dreht sich um und führt euch den Flur entlang in ein großes Studierzimmer, dessen hohe, fensterlose Wände bis zur Decke mit Bücherregalen vollgestellt sind. Statt von Kerzen wird es von faustgroßen, grün leuchtenden Steinen auf dünnen Stangen erhellt. Mansinius deutet auf zwei Lehnstühle, die vor einem mit Pergamentrollen, Büchern und astrologischen Instrumenten übersäten Schreibtisch stehen, und nimmt selbst dahinter Platz. »Nun«, hebt er die Stimme, nachdem auch Bolko seinen breiten Hintern auf einem Lehnstuhl geparkt hat. »Woher kommt ihr und was wollt ihr von mir?«

Bolko verzieht grübelnd die Stirn, als müsse er sich darüber erst einmal selbst Gedanken machen. Du kommst ihm zuvor und erklärst, wer ihr seid und dass ihr gehört habt, Mansinius wisse etwas über den Aufenthaltsort der Bruchstücke von Zardrus magischem Stab. Der weise Mann schweigt eine Weile und krault sich den Bart. »Tatsächlich verfüge ich über gewisse Kenntnisse in dieser Angelegenheit. Gerne will ich dieses Wissen mit euch teilen … schließlich hängt viel davon ab.« Weiter bei **129**.

121 Als die Schlange fauchend auf euch zukommt, hast du eine aberwitzige Idee. »Wir trennen uns«, schreist du und rennst los. Du hältst direkt auf das riesige Ungetüm zu. Erst ganz knapp vor seinen zukrachenden Kiefern scherst du nach links aus. Aus dem Augenwinkel siehst du, dass Kjara ein ähnliches Manöver auf der anderen Seite der Eisschlange hinlegt. Sogar Bolko hat genügend Puste übrig, um das Monstrum in weitem Bogen zu umrunden. Die Aktion zeigt den erhofften Erfolg: Die Schlange zögert, kann sich nicht entscheiden, wem sie folgen soll. Ihr nutzt die gewonnenen Sekunden und erreicht schwer atmend das anderen Ende der Grotte, wo die riesige Eisstatue steht.

Hoch über dir schwebt der riesige Kopf des Elbenherrschers. Du siehst keine Chance, zur Krone hinaufzugelangen, ohne dass die Eisschlange euch in Stücke reißt. Da zischt plötzlich ein winziger Schemen an der Skulptur in die Höhe, einen Schweif aus glitzernden Sternchen hinter sich herziehend. Kjara!

»Lauft!«, ruft sie und deutet zur hinteren Wand der Grotte. »Dort hinten ist ein Tunnel, zu schmal für das Biest.« Sie landet auf der Schulter des eisigen Lords und verschwindet sofort in einer schillernden Wolke aus Alvenmagie. Ohne zu zögern schubst du Bolko vorwärts, und während die Eisschlange hinter euch brüllend die Verfolgung aufnimmt, erreicht ihr die enge Tunnelmündung. Du musst fest schieben und drücken, damit dein Vetter hindurchpasst, dann folgst du ihm. Aus der Sicherheit des schmalen Gangs wirfst du einen Blick zurück.

Die Eisschlange ist euch nicht gefolgt. Stattdessen hat sie sich vor dem eisigen Heiligtum zu ihrer ganzen Größe aufgerichtet und schnappt wütend nach einer winzigen, schillernden Gestalt, die aufgeregt um den Kopf der Statue herumschwebt. Aber Kjara saust unbeirrt an der Bestie vorbei, quer durch die Grotte und erreicht unbeschadet ebenfalls die Tunnelmündung.

Du glaubst deinen Augen kaum zu trauen, als du siehst, was sie in der Hand hält: ein rundes, von insgesamt 20 geschnitzten Ringen geschmücktes Stück Holz mit gesplitterter Spitze – das unterste Teil vom Zauberstab Zardrus!

»Puh! War ganz schon mühselig, das Ding aus dem Eis zu schmelzen«, keucht die Alve und reicht dir ihre Beute. (Vermerke das Bruchstück mitsamt seinem genauen Aussehen auf deinem **Abenteuerblatt**.) Während die Eisschlange draußen in sinnloser Wut brüllt und heult, zieht ihr euch tiefer in den Tunnel zurück. Weiter bei **73**.

122 »Wenn's denn sein muss«, brummt Bolko und latscht los. Wenige Schritte weiter strauchelt er plötzlich und legt sich um ein Haar auf die Nase. »Verflixt«, schimpft er lauthals los. »Welcher miese Sack spannt denn hier Kordeln quer über den Weg?«
Du schaust zu Boden und erkennst, dass dein Vetter eine hauchdünne Stolperschnur zerrissen hat, die dicht über den Waldboden gespannt war. Im selben Moment hörst du irgendwo vor euch ein unheilvolles Knirschen. Das kann nur eins bedeuten … »Eine Falle! Ducken!«, brüllst du. **Befrag das Schicksal:** Erhältst du ᛩ, ᛨ oder ᚾ, weiter bei **136**. Ist das eine andere Rune, weiter bei **4**.

123 So schnell ihr könnt, folgt ihr dem Tunnel um eine scharfe Linkskurve, eure Verfolger nach wie vor dicht hinter euch. Da tut sich eine Kreuzung vor dir auf. Rennst du nach links (**169**), nach rechts (**43**) oder geradeaus (**137**)?

124 Mit einem mächtigen Satz springst du zwischen den verletzten Jungen und seinen sechsbeinigen Angreifer. Fauchend fährt der eckige Kopf des Felsbeißers herum, seine winzigen schwarzen Augen fixieren seine neue Beute. Du rennst los, und es passiert, was du gehofft hattest: Das Tier lässt von dem Geflügelten ab und verfolgt stattdessen dich – und Bolko, der in diesem Moment ebenfalls zwischen den Säulen auftauch. Seite an Seite hetzt ihr zwischen den Felsnadeln dahin, mal links herum, mal rechts, während ihr versucht, die Echse abzuhängen.

Bereits nach wenigen Minuten bleibt die schwerfällige Kreatur hinter euch zurück. Als sie außer Sicht ist, sinkt ihr atemlos am Fuß einer Steinsäule zusammen. Den Jungen habt ihr zwar gerettet, den Ort, wo ihr ihn zurückgelassen habt, werdet ihr in diesem Labyrinth aus identischen Säulen jedoch so schnell nicht wiederfinden. Weiter bei **206**.

125 Der Dämon nimmt deinen Zug ohne sichtbare Reaktion hin. Nach kurzem Nachdenken setzt er seinen zweiten Kiesel.

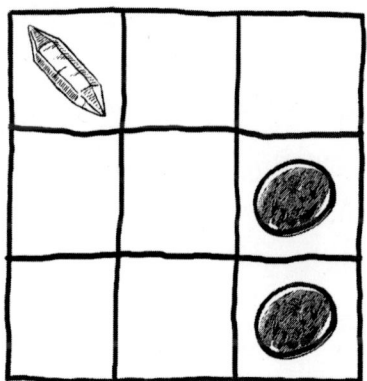

Damit ist dein nächster Zug klar: Du musst einen Kristall nach oben rechts setzen, um zu verhindern, dass dein Gegner eine Dreierreihe schließt. Weiter bei **183**.

126 »Die Rintauren leben zurückgezogen in den Weiten der Steppe«, wispert Kjara dir ins Ohr. »Sie gelten als friedlich, können aber höchst wehrhaft sein, wenn sie sich bedroht fühlen oder der Ansicht sind, dass man ihnen nicht genügend Respekt entgegenbringt.«

»Die sehen im Grunde aus wie Kühe. Meint ihr, die würden schmecken, wenn man die mit einem leckeren Zwiebelsößchen …?«, murmelt Bolko halblaut.

Kjara schüttelt fassungslos den Kopf über so viel Gefräßigkeit. »Vielleicht wissen sie etwas über die Teile von König Zardrus Stab. Wir sollten sie auf jeden Fall fragen!« Weiter bei **81**.

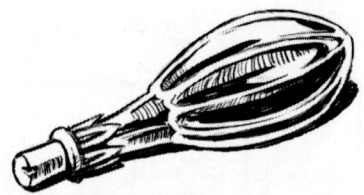

127 Rasch trittst du an deinem Vetter vorbei und grüßt den Händler freundlich. Du erfährst, dass er Petrok heißt und mit Waren aus dem hohen Vercarien unterwegs in die Hauptstadt Konduulas ist. Auf dem Markt von Balthasaz will er Lebensmittel, Haushaltswaren und vieles mehr mit Gewinn verkaufen. Wegen der Gefahr eines Überfalls oder eines Angriffs durch wilde Tiere hat sich Petrok entschlossen, den Wald von Kwalm zu meiden und die längeren, aber sichere Umgehungsstraße einzuschlagen. Du erwiderst, dass ihr ebenfalls auf dem Weg in den Süden seid, und erkundigst dich höflich, ob ihr ein Stück auf seinem Wagen mitfahren dürft. Petrok hat nichts dagegen. Zwischen irdenen Krügen mit eingelegten vercarischen Gurken und Kisten voller sonderbar geformter Rübenkartoffeln schafft er etwas Platz, ihr könnt aufsteigen, und Petrok treibt seine Maultiere wieder an.

Die Fahrt auf dem einfachen Wagen ist alles andere als komfortabel, doch immerhin kommt ihr zügiger voran als zu Fuß, und unter der Stoffplane seid ihr sogar vor Wind und Wetter geschützt. So vergeht die Zeit, während ihr die dunkelgrüne Mauer des Waldes im sicheren Abstand von gut einer Meile umrundet. Als die Abenddämmerung hereinbricht, hält Petrok an. Er schirrt die Maultiere ab und bindet sie neben der Straße fest, wo sie grasen können. Dann entfacht er ein Lagerfeuer, packt Brot und Schinken aus und beginnt zu essen. Plötzlich ertönt ganz in deiner Nähe ein grollendes Geräusch. Du schrickst zusammen – hat sich ein Raubtier vom nahen Wald herübergeschlichen? Erleichtert stellst du fest, dass es nur Bolkos Magen ist, der unüberhörbar vor sich hinknurrt. »Ich verhungere«, beschwert sich dein Vetter unleidlich. Hast du früher am Tage schon einmal zugestimmt, zu rasten und etwas Proviant zu verzehren (weiter bei **195**)? Oder konntest du Bolko überreden, ohne Rast weiterzuwandern (**34**)?

128 »Lauft!«, brüllst du und hechtest vorwärts. Mit der Schulter rempelst du dir einen Weg zwischen den beiden Wachen hindurch, die alarmiert ihre Hellebarden hochreißen … **Befrag das Schicksal:** Erhältst du ᛉ, ᛗ, ᚠ, ᛏ, ᚾ oder ᚤ, weiter bei **41**, ist das Ergebnis eine andere Rune, weiter bei **75**.

129 »Damit ihr versteht, was es mit Zardrus Stab auf sich hat, muss ich ein wenig ausholen«, beginnt Mansinius. »Wie ihr sicher wisst, wurde das Königreich Konduula vor 1128 Jahren gegründet von Zardru I.«

Du nickst, und sogar Bolko macht ein Gesicht, als wisse er ausnahmsweise einmal, worüber geredet wird.

»Er regierte das Land zwanzig Jahre lang. Zwanzig Jahre, in denen er lernen musste, wie mühsam es ist, ein Reich gegen die Angriffe und Eroberungsversuche der dunklen Mächte zu verteidigen. Schließlich machte er sich gemeinsam mit seinen Beratern, dem ersten Zaubererrat der Geschichte, daran, die 13 Siegel zu schaffen.« Mansinius' Blick schweift versonnen über die Reihen uralter Bücher an den Wänden. »Jahre gingen ins Land, bis die idealen Orte für die magischen Schutzvorrichtungen gefunden waren. 13 Türme aus reinstem Marmor wurden errichtet, in denen die Siegel platziert und mit Magie aus Zardrus Zauberstab aufgeladen wurden. Von nun an vermochte kein Geschöpf der Finsternis mehr, die magischen Wälle entlang Konduulas Grenzen zu überschreiten – ein Zustand, der 1111 Jahre unverändert blieb.« Mansinius seufzt leise, bevor er fortfährt. »Zardru I. kam zwei Jahrzehnte darauf unter dramatischen Umständen ums Leben. Er hatte sich zu sehr auf die schützende Wirkung der 13 Siegel verlassen. Einem überaus mächtigen Hexer mit Namen Vindex war es trotz der Schutzvorrichtung gelungen, nach Konduula einzudringen und unserem König eine Falle zu stellen. Er lockte Zardru auf den windumtosten Gipfel des Berges Bror und griff ihn aus einem Hinterhalt heraus an. Sein Ziel war es, den König zu töten, die Siegeltürme niederzureißen und Konduula anschließend mit seinem Heer zu überrennen.« Das Gesicht des weisen Mannes verfinstert sich, als er an die dramatischen Ereignisse von damals denkt. »Der Kampf war schrecklich, er tobte Tage und Nächte. Beide Kämpfer waren äußerst bewandert in den magischen Künsten. Irgendwann wurde Zardru klar, dass sein Gegner genauso stark war wie er selbst – in einem normalen Zauberduell konnte er Vindex nicht bezwingen. In seiner Not, und um Konduula zu retten, entschied er sich für eine drastische Maßnahme: Mit einer Formel, die nur ihm allein bekannt war, entfesselte er die *gesamte* magische Energie seines Zauberstabs *auf einmal!* Das Resultat war eine unvorstellbare Explosion, die in ganz Monravia zu spüren war. Sie zerstörte nicht nur den Zauberstab, sondern auch Zardru und seinen finsteren Widersacher.«

»Peng«, murmelt Bolko andächtig.

Mansinius ignoriert den Einwurf. »Die Macht der Detonation war so gewaltig, dass die Bruchstücke des Zepters – drei an der Zahl – in verschiedene Himmelsrichtungen über Konduula dahinschossen. Sie segelten unzählige Meilen, bevor sie zu Boden gingen.« Mansinius sieht euch verheißungsvoll an. »Wie es der Zufall will, pflege ich gute Beziehungen zu den Craxx, großen, pechschwarzen Rabenvögeln, die als einzige Geschöpfe des Himmels freiwillig nach Sloggart kommen. Über die Jahre habe ich ihre Sprache erlernt, und sie berichten mir vieles, was in der Welt draußen vor sich geht ... so unter anderem, wo sich eines der drei Teile des Stabs heute befindet.«

Du beugst dich in deinem Stuhl nach vorne und spitzt die Ohren.

»Einige Tagesreisen südlich von hier befindet sich ein Ort, der noch älter ist als das Königreich Konduula: die Finger von Brekkh.«

Als du den Namen dieses legendenumrankten Ortes vernimmst, kommen dir zahlreiche Geschichten in den Sinn, die du in deiner Kindheit darüber gehört hast. Bei den Fingern von Brekkh handelt es sich um eine Ansammlung runder, vulkanisch entstandener Granitsäulen, die fast eine halbe Meile hoch in den Himmel ragen. Und auf ihren abgeflachten Spitzen, so heißt es, sollen eigenartige Kreaturen hausen …

»Dieser Ort ist die Heimat eines zurückgezogen lebenden Volkes – der Vogelmenschen von Brekkh«, fährt Mansinius fort. »Wie die Craxx mir berichteten, bewahren diese geflügelten Wesen eines der drei Stabteile in einem Tempel auf, der auf der Spitze der höchsten Steinsäule, im exakten Mittelpunkt der Finger von Brekkh errichtet wurde.«

»In der Mitte des Säulenfeldes«, wiederholst du und prägst dir die Information gut ein.

Mansinius lehnt sich in seinen Stuhl zurück und schließt die Augen. Die lange Erzählung hat ihn sichtlich Kraft gekostet. Möchtest du dennoch eine weitere Frage an ihn richten, so kannst du dich entweder erkundigen, ob er noch etwas über den Aufenthaltsort der anderen Bruchstücke weiß (weiter bei **179**), oder wie man auf dem kürzesten Weg zu den Fingern von Brekkh gelangt (**152**). Solltest du auf deiner bisherigen Reise einen geheimnisvollen Gegenstand gefunden haben, zu dem du den Weisen gerne befragen würdest, weiter bei **112**. Hast du hingegen das Gefühl, Mansinius' Gastfreundschaft lange genug in Anspruch genommen zu haben, weiter bei **110**.

130 Als du den Pflock zückst und mit gespreizten Beinen einen festen Stand suchst, hält der Graf mit einem wütenden Knurren inne. Ihm ist klar, dass du mit der einzigen Waffe, die sogar für einen Vampir tödlich ist, ein nicht zu unterschätzender Gegner bist. Sekundenlang steht ihr euch regungslos gegenüber, wartet mit zusammengekniffenen Augen auf eine Aktion, eine verräterische Bewegung des anderen. Da ertönt hinter deinem Rücken plötzlich ein ohrenbetäubender Tumult. Bolko ist unbemerkt zur Treppe hinübergeschlichen und im Dunkel die Stufen hinaufgerannt. Dabei muss er sich irgendwo heftig den Kopf angeschlagen haben, denn nun kommt er schreiend und fluchend die Treppe wieder heruntergekugelt – ein Schauspiel, das du dir bildhaft vorstellen kannst, ohne dich extra umdrehen zu müssen. Der Vampir jedoch ist für einen kurzen Moment abgelenkt. Du nutzt die Chance, machst einen Satz vorwärts und versenkst den Holzpflock mit Wucht in seiner Brust. Röchelnd fährt der Untote zurück. Ein Zucken durchläuft seinen Körper, ein bebender Schrei dringt aus seiner Kehle. Dann fällt seine Kleidung plötzlich leer und ohne Halt in sich zusammen – das einzige, was zurückbleibt, ist ein Häufchen grauer Staub zwischen den Falten des Stoffs.

»Na, wie hab ich das gemacht?«, erkundigt sich Bolko, der hinter dir wieder auf die Füße kommt. »Hab ich den Burschen fachmännisch abgelenkt, oder was?«

In deiner Erleichterung über den errungenen Sieg verzichtest du auf einen gehässigen Kommentar und siehst dich stattdessen rasch im Gewölbe um. Erleichtert stellst du fest, dass die übrigen Steinsärge leer sind. Im letzten findest du ein altes, in schwarzes Leder gebundenes Buch. Du schlägst es auf und erkennst an der Vielzahl magischer Diagramme und Symbole, dass es sich um eine Sammlung von Zauberformeln handelt. Deine Freude über den Fund schwindet rasch, als du einen unheilvollen, irgendwie bedrohlichen Einfluss spürst, der von dem Buch auszugehen scheint. Es scheint beinahe, als *lebte* es … und hätte Böses im Sinn! Wenn du das Zauberbuch trotzdem einstecken möchtest, vermerke es auf deinen **Abenteuerblatt**. Da es hier ansonsten nichts weiter zu finden gibt, steigst du mit Bolko, der sich noch immer mit seinem Ablenkungsmanöver brüstet, zur Eingangshalle hinauf und verlässt das unheimliche Gemäuer, um zur Großen Allee zurückzukehren. Weiter bei **30**.

131 Du ignorierst die seltsamen Laute und setzt deine Unterhaltung mit Petrok fort. Etwas später am Tage legt der freundliche Händler eine Pause ein, um seine Maultiere aus einem nahen Tümpel saufen zu lassen und selbst eine Kleinigkeit zu sich zu nehmen. Gemeinsam mit dem Händler gehst du zur hinteren Öffnung der Plane, um Bolko zu wecken, der sich schon erstaunlich lange nicht mehr gerührt hat. Als Petrok die Plane beiseitezieht, glaubst du, deinen Augen nicht zu trauen: Inmitten von dicken Schinkenkeulen, aus denen ungeschickt riesige Stücke herausgesäbelt wurden, liegt Bolko schnarchend auf dem Boden des Planwagens, sein Messer – Tatwaffe dieses Zerstörungswerks – noch in der Hand.

Neben dir hörst du, wie der Händler fassungslos um Atem ringt. »Das … *Sie sind ruiniert!* All meine Schinken, ruiniert! So finde nie einen Käufer dafür.« Mit zornblitzenden Augen dreht sich Petrok zu dir um. »Hast du eine Ahnung, was ein vercarischer Räucherschinken wert ist?«, brüllt er und zieht einen dicken Knüppel zwischen seinen Waren hervor. Bolko, von dem Lärm erwacht, hüpft erstaunlich flink aus dem Wagen, und gemeinsam macht ihr euch aus dem Staub, so schnell ihr könnt. Petrok stolpert schimpfend ein Stück hinter euch her, doch ihr hängt ihn rasch ab.

»Du bist unmöglich«, schnaufst du, als ihr nach einer Weile euer Tempo wieder verlangsamt.

»Was sollte ich machen?«, erwidert Bolko verdrossen. »Ich hatte doch solchen *Hunger!*« Weiter bei **12**.

132 Am folgenden Morgen begibst du dich in ein nahes Wäldchen, wo Kjara mithilfe eines marzipanduftenden Alvenzaubers mehrere Bäume zum Umstürzen bringt. Mit deinem Dolch entfernst du die Äste, dann bindet ihr die Stämme zu einem Floß zusammen, das ausreichend Platz für alle bietet. Gemeinsam mit Bolko schleppst du es zum Flussufer, und die Fahrt beginnt.

Gegen Mittag taucht vor euch ein mächtiger steinerner Bogen auf, der den Fluss überspannt. »Über diese Brücke verläuft die Große Allee«, belehrt euch Kjara, während ihr hindurchfahrt. »Jetzt kann es nicht mehr weit sein bis Port Empeg.« Tatsächlich kommt wenig später eine kleine Stadt mit einer befestigten Wehrmauer und zahlreichen Türmen in Sicht. Durch eine Toröffnung folgt ihr dem Fusselik geradewegs in die Stadt hinein. Ihr erreicht eine weitläufige Hafenanlage mit mehreren hölzernen Anlegestellen. Du lenkst das Floß zu einem der Stege und bindest es fest. Kaum ist auch Bolko hinter dir an Land gesprungen, da lösen sich die verknoteten Wurzeln, mit denen ihr die Baumstämme zusammengebunden hattet, und die Einzelteile eures Gefährts versinken gluckernd im Hafenbecken. »Glück gehabt«, murmelt Bolko achselzuckend. »So sparen wir wenigstens die Liegegebühr.« Weiter bei **19**.

133 Nach einer bangen Schrecksekunde setzt du einen weiteren Kristall, doch das ändert nichts mehr. Mal-Swoob nutzt seine Chance und schließt gnadenlos an anderer Stelle eine Dreierreihe. Eine Gänsehaut rinnt deinen Rücken hinunter – dein Gegner hat gesiegt. Krächzendes Gelächter dringt aus dem Mund des Dämons, während du entsetzt vom Spielbrett zurückweichst. Weiter bei **154**.

134 »Es wäre mir lieber, wenn wir uns anders einigen könnten«, erwiderst du so selbstsicher wie möglich. »Vielleicht könntet Ihr uns das Stück des Zauberstabs für eine Weile ausleihen, gerade so lange, bis der Rat der Zauberer …«

Weiter kommst du nicht, denn in diesem Moment richtet sich dein Gegenüber auf und reißt sich ruckartig die Kapuze vom Kopf. Du erschrickst bis ins Mark, als du siehst, was darunter zum Vorschein kommt: Der Kopf des Wesens ist ein schwarzer, von lodernden Flammen umzüngelter Totenschädel!

»Niemand schlägt ein Spiel mit Mal-Swoob aus, dem mächtigsten Dämon der Unterwelt!«, hallt seine Stimme schrecklich durch die Höhle. »Ihr werdet mit mir spielen – und zwar um eure Seelen!« Du weichst zurück, doch der Dämon folgt dir mit gierigen, schlangenhaften Bewegungen. Willst du notgedrungen einwilligen, doch gegen ihm zu spielen (weiter bei **105**), oder versuchst du, irgendwie aus der Höhle zu entkommen (**154**)?

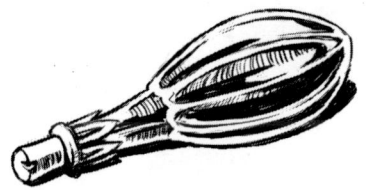

135 Ihr folgt der immer steiler ansteigenden Gasse und stellt erleichtert fest, dass der Nebel tatsächlich lichter wird, je höher ihr kommt. Ihr passiert einige verwinkelte Abzweigungen, bis die Gasse schließlich nach rechts abknickt. Auf der linken Seite der Kurve steht ein altes Backsteinhaus, über dessen Tür ein auffälliges Schild angebracht ist:

Elmors Pfandleihhaus

Wir haben alles! Wir nehmen alles!

Die obere Hälfte der Tür besteht aus gelbem Butzenglas, dahinter schimmert Licht. Das Pfandleihhaus scheint geöffnet zu sein.

»Warum nicht?«, beantwortet Bolko deinen fragenden Blick. »Vielleicht nimmt dieser Elmor meine durchgeschwitzten Socken in Zahlung, damit ich mir bei der nächsten Gelegenheit einen ordentlichen Schweinebraten leisten kann.«

Du bezweifelst das irgendwie, dennoch könnt ihr das Pfandleihhaus betreten (weiter bei **155**). Andernfalls folgt ihr dem Verlauf der Straße um die Kurve nach rechts (**219**).

136 Noch bevor dein Warnruf verhallt ist, kommt ein massiver, an dicken Lianen befestigter

Baumstamm auf euch zugeschwungen. Er ist exakt so breit wie der Pfad, und auf der euch zugewandten Seite sind unzählige hölzerne Lanzenspitzen daran befestigt. Instinktiv wirfst du dich zu Boden, doch du spürst bereits im Fallen, dass du zu langsam bist. Die raue, moosbewachsene Rinde des Baumstamms rast heran, die nadelspitzen Speere bohren sich in deine Kleidung … dann geht das Licht aus. Innerhalb eines Wimpernschlages hauchst du dein Leben aus, ohne auch nur ein einziges Bruchstück vom Stab König Zardrus gefunden zu haben. Dein Abenteuer ist zu Ende.

137 Hektisch folgt ihr dem Korridor bis zu einer T-Kreuzung, an der sich der Weg gabelt. Ohne langsamer zu werden läufst du weiter – nach rechts (**247**) oder nach links (**70**)?

138 Beängstigende Stille herrscht, nur unterbrochen vom leisen Knistern der Flammen, die um Mal-Swoobs Schädel flackern. Schweigend setzt er einen weiteren Kiesel:

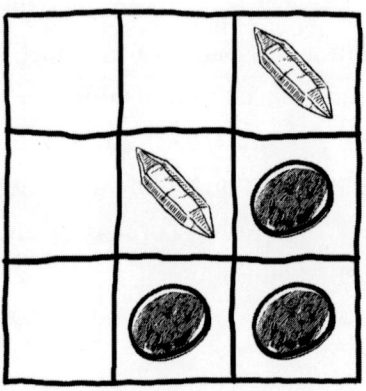

Du kannst kaum glauben, dass dein Gegner einen derart dummen Fehler gemacht hat! Dein nächster logischer Zug wird nämlich nicht nur seine quer geplante Dreierreihe verhindern … Weiter bei **48**.

139 Du verabschiedest dich vom Herrscher der Rintauren und lässt dich von General Barlok zum Stadtrand bringen. Dort packst du deine Landkarte aus und wirfst einen kritischen Blick darauf.

»Was gibt es zu überlegen?«, erkundigt sich Bolko genervt. »Die Sache ist doch sonnenklar: Wir gehen nach Südosten, zu diesem komischen Plateau, und holen uns das Zauberstabstück!

Zur Abwechslung hat nicht einmal Kjara etwas am Vorschlag deines Vetters auszusetzen. Stimmst du zu, quer durch die Steppenlande zu ziehen, in Richtung des Plateaus von Ann'Tonn (weiter bei **61**)? Oder möchtest du lieber zur Großen Allee zurückkehren und der Straße zunächst noch ein Stück nach Süden folgen (**59**)?

140 Mit zitternden Händen entkorkst du die kleine Phiole. Sie ist mit einer geruchlosen, violetten Flüssigkeit gefüllt. Ohne zu zögern setzt du sie an die Lippen und kippst die Hälfte davon hinunter. Neben dir tritt Bolko ungeduldig von einem Fuß auf den anderen, nimmt die Flasche entgegen und schluckt den Rest. Endlose Sekunden vergehen, dann spürst du, wie die Arznei zu wirken beginnt. Das immer stärker werdende fiebrige Gefühl, das du seit dem Biss der Waldviper verspürt hast, schwindet! Auch in Bolkos rundes Gesicht kehrt nach und nach etwas Farbe zurück, und einige Minuten später fühlt ihr euch wieder kerngesund. *Ihr seid geheilt, du musst nicht länger eure zurückgelegten Abschnitte zählen.*

Falls du noch weitere Geschäfte mit Elmor tätigen möchtest, kehre zurück zu **155** und tue dies. Andernfalls bedankt ihr euch bei dem Pfandleiher, verlasst sein Geschäft und folgt der Straße vor dem Haus nach **219**.

141 Ihr nehmt die Beine in die Hand, um den nach Süden führenden Pfad zu erreichen – doch die Pilzwesen sind schneller! Schon schließt sich die Mauer ihrer riesigen grünen Körper vor euch. Für einen kurzen Moment herrscht Stille. In deinem Kopf kannst du spüren, wie sich die Pflanzenkreaturen telepathisch beratschlagen. Dann treten mehrere auf ihren dünnen Wurzelbeinen vor, klappen die Ränder ihrer Schirmköpfe nach oben und präsentieren euch ein Geflecht aus seltsam bräunlichen Lamellen. Du überlegst gerade, was das wohl zu bedeuten hat, als eine feucht schillernde Wolke zwischen den Lamellen hervorschießt und Bolko und dich einhüllt. Du versuchst einzuatmen, doch du bekommst keine Luft! Hustenkrämpfe werfen dich neben Bolko, dem es nicht besser ergeht, auf den feuchten Waldboden. Wenig später seid ihr an den giftigen Sporen der Pilzwesen erstickt. Dein Abenteuer endet hier.

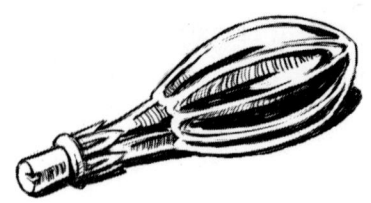

142 Entsetzt musst du mitansehen, wie Bolko wie in Zeitlupe taumelt, vornüber kippt und der Länge nach auf das Pflaster schlägt! Sofort sind die Wachen über ihm und reißen ihn in die Höhe. Mit einem hämischen Grinsen setzt der Narbengesichtige deinem Vetter die Klinge seiner Hellebarde an die Kehle. Dir bleibt nichts anderes übrig, als anzuhalten und dich den Wachmännern zu stellen, sonst ist es um deinen Vetter geschehen.

Wenig später hockt ihr nebeneinander auf einem Lager aus feuchtem Stroh in einem winzigen, viereckigen Kellerraum. Die Wachen haben euch in den Stadtkerker von Sloggart geworfen, wo ihr bleiben werdet, bis irgendjemand darüber befindet, was weiter mit euch geschehen soll. Und das kann dauern.

Während du dem leisen *Drip-Drip* des von den Wänden tropfenden Wassers lauschst, spürst du, wie dir Tränen der Verzweiflung in die Augen steigen. In Kürze schon werden die Horden Gorlashs deine Heimat überrollen, und ohne die drei Teile des Zauberstabs können selbst Marlara und der Rat der Zauberer den Untergang Konduulas nicht mehr abwenden. Deine Mission ist gescheitert!

143 Glitzernd zischen die eisigen Wände des Korridors an euch vorbei. Unvermittelt endet der Gang an einem Querweg! Biegst du nach links ab (**83**) oder nach rechts (**108**)?

144 Noch bevor Fürst Zloloha das Wort an euch richten kann, tritt humpelnd eine kleinere, schmächtige Gestalt hinter seinem Thron hervor. Es ist Hlal, der junge Vogelmensch, den ihr vor dem Felsbeißer gerettet habt. Hlal begrüßt euch erfreut und erklärt seinem Vater, wer ihr seid. Nun ist die Aufregung groß: Ihr müsst berichten, wie ihr mit dem Monstrum fertig geworden seid, und der Fürst beraumt euch zu Ehren ein großes Festmahl an.

Während Bolko sich wenig später an der langen Tafel geräuschvoll den Bauch vollschlägt, erkundigt sich Fürst Zloloha bei dir, was euch ins Reich der Vogelmenschen geführt hat. Du erzählst ihm vom drohenden Angriff Gorlashs und dass ihr auf der Suche nach den Überbleibseln von König Zardrus Zauberstab seid, um Konduula zu retten. Als du geendet hast, sieht dich der Herr der Vogelmenschen nachdenklich an. Dann bedeutet er dir stumm, ihm zu folgen. Du lässt den mampfenden Bolko im Festsaal zurück und folgst Zloloha nach draußen, wo er dich unter den Achseln packt und kurzerhand mit dir zu einer benachbarten Steinsäule hinüberfliegt – einer, die exakt im Mittelpunkt des Säulenfelds liegt. Auf ihrer Spitze befindet sich ein kleiner, scheinbar sehr alter Tempel. Der Fürst führt dich hinein, und wenig später steht ihr vor einem runden Steinaltar. Darauf liegt ein unterarmlanges, an beiden Enden gesplittertes Stück schnitzwerkverziertes Holz.

»Was du hier siehst, ist das Mittelstück des legendären Stabs Zardrus I.«, erklärt Fürst Zloloha mit gedämpfter Stimme. »Die Vogelmenschen von Brekkh hüten es seit langer Zeit. Für mein Volk ist es zu einer Art Heiligtum geworden. Aber ich sehe ein, dass nun die Zeit gekommen ist, da wir es herausgeben müssen. Das Wohl Konduulas steht über unseren Bräuchen und Traditionen.« Er nickt dir zu, und mit einem beklommenen Gefühl nimmst du das Holz vom Altar. Es ist schwerer, als du vermutet hast, und mit einem spiralförmigen Muster verziert. Du zählst exakt 20 Ringe, die sich von Bruchstelle zu Bruchstelle darumwinden. Ehrfürchtig verstaust du es in deinem Rucksack. (Vermerke dieses Fragment des Zauberstabs sowie die genaue Anzahl der Ringe auf deinem **Abenteuerblatt**.) Anschließend bringt dich der Fürst zurück zum Palast, wo Bolko gar nicht mitbekommen hat, dass du überhaupt fort warst. Für die Nacht stellt man euch ein gemütliches Gemach auf einer nahen Steinsäule zur Verfügung. Am folgenden Tag verabschieden sich Hlal und sein Vater von euch und wünschen euch Glück für eure weitere Suche. Eine Abordnung der Vogelmenschen bringt euch auf dem Luftweg zur Großen Allee zurück – und ein gutes Stück weiter. Auf Anordnung des Fürsten folgen sie dem Verlauf der Straße viele Meilen nach Süden, bevor sie euch absetzen und davonfliegen. Dankbar schultert ihr eure Rucksäcke und marschiert los. Weiter bei **234**.

145 Früh am nächsten Tag brecht ihr auf. Nur wenig später weißt du, woher die Steppenlande ihren Namen haben. Im Umkreis vieler Meilen ist nichts als braune Einöde zu sehen, es gibt weder Pflanzen noch Tiere, auch keine Anzeichen irgendeiner Besiedlung. Ihr marschiert den ganzen Tag, ohne jemandem zu begegnen. Zum Glück hat Kjara daran gedacht, Lebensmittelvorräte aus Alvona mitzunehmen, die sie durch Alvenmagie auf einen Bruchteil ihrer Normalgröße verkleinert hat. So passen Brot, Schinken, Zwieback und mehrere Wasserschläuche bequem in ihren Hüftbeutel – und sind nebenbei vor deinem ständig hungrigen Vetter sicher.

Am Vormittag des folgenden Tages stoßt ihr auf das baumgesäumte, gepflasterte Band der Großen Allee, die quer zu eurer Marschrichtung von Nord nach Süd verläuft. Ihr wollt euch gerade im Schatten der Bäume ein wenig ausruhen, da entdeckst du am östlichen Horizont eine wirbelnde Staubwolke, die sich langsam in eure Richtung zu bewegen scheint.

»Könnte eine Tierherde sein«, vermutet Bolko müde. Möchtest du dir die Erscheinung genauer ansehen (weiter bei **26**), oder ziehst du es vor, sie nicht zu beachten und nach einer kurzen Verschnaufpause in südliche Richtung weiterzuziehen (**211**)?

146 Wenig später öffnet sich die Gasse zu einer T-Kreuzung. Wattige Nebelschwaden wogen um schiefe, uralte Häuser, Dunstschlangen ringeln sich die verwinkelten Straßen entlang oder quellen aus vergitterten Kanalöffnungen im Rinnstein. Der Weg nach links führt durch ein schmales Gässchen, das von dicht stehenden Häusern gesäumt wird. Sein Katzenkopfpflaster ist mit Abfall und Unrat übersät, ein fauliger Geruch weht euch aus dieser Richtung entgegen. Die nach rechts führende Straße ist deutlich breiter. Sie wirkt sauberer, aber auch irgendwie bedrohlicher, die finsteren Häuser neigen sich von beiden Seiten über den Gehweg, fast wie bei einem Tunnel. Du willst dich gerade mit Bolko beraten, in welche Richtung ihr gehen sollt, da ertönt vor euch ein leises Geräusch: schlurfende Schritte, die sich zögerlich über das nasse Pflaster nähern. Ein Dutzend Schritte vor euch taucht ein geheimnisvolles grünes Leuchten im Nebel auf. Es scheint in Kopfhöhe in der Luft zu schweben, darunter zeichnet sich ein dunkler, menschenähnlicher Umriss ab.

»N-Nichts wie weg hier«, flüstert Bolko. »Ein Zyklop mit einem grünen Leuchtauge!«

»Das wäre aber ein mickriger Zyklop«, erwiderst du skeptisch. »Die Gestalt ist doch höchstens so groß wie du.«

»Dann ist es eben ein Babyzyklop«, stammelt Bolko. »Lass uns abhauen!«

»Das muss ein Einwohner von Sloggart sein«, vermutest du. »Wir sollten versuchen, mit ihm ins Gespräch zu kommen. Vielleicht kann er uns verraten, wo wir den weisen Mansinius finden?«

Bolkos Gesichtsausdruck ist zu entnehmen, dass er alles andere als begeistert von deiner Idee ist, aber er überlässt die Entscheidung dir. Willst du die geheimnisvolle Gestalt ansprechen (weiter bei **102**) oder lieber rasch den Weg nach links (**204**) oder rechts (**62**) einschlagen?

147 »Bei allen gegrillten Würsten des Schlaraffenlandes! Was ist *das?*«, ruft Bolko mit sich überschlagender Stimme. Hastig folgst du mit dem Blick seinem ausgestreckten Zeigefinger. **Befrag das Schicksal,** um zu ermitteln, was er entdeckt hat! Erhältst du:

– Ƴ:

Mit schreckgeweiteten Augen siehst du, dass ein mächtiger Wollbär direkt auf euch zugaloppiert kommt! Das lange, schwarze Fell des Raubtiers schleift über den Boden, sein gewaltiger Rachen mit den messerscharfen Reißzähnen ist zu einem wilden Brüllen aufgerissen. Ihr dreht euch um und rennt um euer Leben – doch ihr seid nicht schnell genug. Im Handumdrehen hat der Wollbär euch eingeholt und macht kurzen Prozess mit euch. Dein Abenteuer ist zu Ende, Konduula muss auf einen anderen Retter hoffen.

– Ⴖ, Ⴕ oder ⱴ:

Ein rascher Blick zum Himmel offenbart dir eine dichte Traube riesiger Vögel, die im Sturzflug auf euch herabstoßen – ein Schwarm Tyrannofalken, die gefährlichsten Greifvögel von ganz Konduula! Mit ihren sägeartigen Schnäbeln können diese gefiederten Räuber einer Kuh in wenigen Minuten sämtliches Fleisch von den Knochen reißen. Panisch nehmt ihr die Beine in die Hand und rennt um euer Leben. Unter Aufbietung eurer ganzen

Kräfte gelingt es euch, die hungrigen Biester abzuschütteln. Leider öffnet sich während der hektischen Flucht dein Rucksack, und du verlierst *alle* Gegenstände, die sich möglicherweise darin befunden haben. (Korrigiere dein **Abenteuerblatt** entsprechend.)

– ᛗ, ᛞ oder ᚼ:

Wenige Steinwürfe entfernt entdeckst du die runden Rücken mehrerer schweinegroßer Pelztiere, die sich in hoppelnden Sprüngen von euch entfernen. Es sind Murmelratten, gefräßige Nager, die in nahezu allen Regionen Konduulas vorkommen. Während du ihnen noch nachschaust, stellt Kjara fest, dass sich die Murmelratten während eurer letzten Rast an deinem Rucksack zu schaffen gemacht und unbemerkt ein Loch hineingefressen haben. Als du anschließend weitermarschiert bist, ist ein Gegenstand herausgefallen, den sich die Nager geschnappt und davongeschleppt haben. (Streiche einen beliebigen Gegenstand von deinem **Abenteuerblatt**.) Ärgerlich drohst du den diebischen Kreaturen mit der Faust, während Kjara das Loch in deinem Rucksack mit einem Alvenzauber verschließt.

– ᛚ, ᛟ oder ᛰ:

Du kneifst die Augen zusammen, siehst noch einmal hin, doch da ist – *nichts.* »Hmm. Muss ich mich wohl verguckt haben«, murmelt Bolko verlegen. »Dachte, da wäre was …«

Wenn du diesen Zwischenfall überlebt hast, kehre zurück zu dem Abschnitt, von dem du kommst, und setze dein Abenteuer dort fort.

148 Ein amüsiertes Grinsen scheint die Mundwinkel des flammenden Totenschädels zu kräuseln, als Mal-Swoob einen weiteren Kiesel setzt:

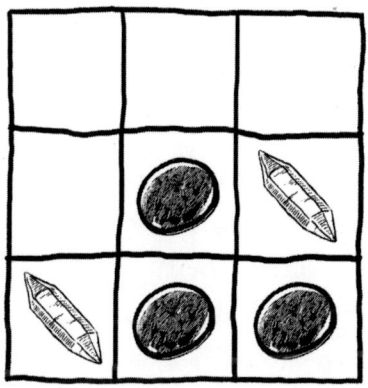

Während du noch überlegst, wohin du deinen nächsten Kristall setzen musst, um eine Dreierreihe des Dämons zu verhindern, dämmert dir plötzlich, dass du einen Fehler gemacht hast – du bist in einer Zwickmühle! Weiter bei **133**.

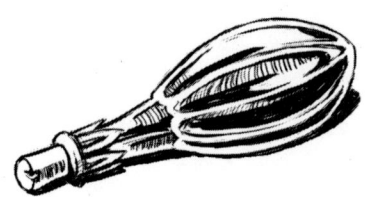

149 Ihr kehrt in die Eingangshalle zurück. Nach wie vor ist es geisterhaft still, keine Menschenseele ist zu sehen. Dennoch kommst du dir beobachtet vor. Du versuchst dir einzureden, dass das Gefühl nur von den ausgestopften Tierköpfen an den Wänden herrührt, deren Glasaugen im Mondlicht glänzen. Möchtest du jetzt die Treppe am entfernten Ende der Halle hinaufsteigen (weiter bei **52**) oder den Stufen hinter dem schmalen Durchgang in die Tiefe folgen (**210**)? Wenn du dieses seltsame Gemäuer lieber auf der Stelle verlassen und auf die Große Allee zurückkehren willst, weiter bei **30**.

150 Die Straße führt zunehmend bergauf. Je höher ihr kommt, desto lichter wird der Nebel. Die Häuser hier sind größer und in besserem Zustand, wenngleich sich noch immer kein Licht hinter den zahlreichen Fenstern ausmachen lässt. Ihr passiert einige nicht sonderlich einladend aussehende Abzweigungen, bevor ihr an eine weitere Linkskurve gelangt. Auf der rechten Seite der Straße erhebt sich ein großes Fachwerkhaus, an dessen Fassade ein rundes, technisch anmutendes Gebilde montiert ist.

»Ist das eine Sonnenuhr?«, erkundigt sich Bolko und deutet auf den Apparat. »Was für ein Blödsinn. Was nützt einem eine Sonnenuhr in einer Stadt, in die sich nie ein Sonnenstrahl verirrt?«

In diesem Augenblick öffnet sich die Tür des Hauses. Ein breitschultriger Mann erscheint auf der Schwelle, wo er verharrt und über die Schulter einige Worte mit jemandem wechselt, der unsichtbar weiter im Innern steht. Du glaubst, die Worte »ewige Dankbarkeit« und »lebt wohl, Meister Mansinius« zu vernehmen. Dann fällt die Tür ins Schloss, und der Mann eilt davon, ohne euch zu bemerken. »Wie es aussieht, haben wir das erste Ziel unserer Reise erreicht«, erklärst du zufrieden. Weiter bei **120**.

151 Wenige Augenblicke später taucht auf der rechten Seite des Ganges eine neue Abzweigung auf. Biegst du ab (**159**) oder hältst du dich geradeaus (**198**)?

152 Du zückst die Karte, die Marlara euch gegeben hat, und bittest den Weisen, euch den kürzesten Weg zu den Fingern von Brekkh zu weisen. »Der direkte Weg ist leider nicht begehbar«, hebt Mansinius an. »Südlich von Sloggart liegt eine bodenlose Schlucht, die Klamm von Slogg. Um zu den Fingern zu gelangen, müsst ihr diesen bodenlosen Spalt umgehen ... am besten, indem ihr zur Großen Allee zurückkehrt und ihr bis zum Fluss Armm folgt. Wenn ihr euch dann nach Osten haltet, erreicht ihr die Steinsäulen sicheren Fußes.«

»Und es gibt wirklich keinen kürzeren Weg?«, erkundigst du dich ohne große Hoffnung.

Mansinius denkt kurz nach. »Früher ... ja, früher gab es einmal eine Brücke. Man erreichte sie, indem man direkt hinter dem Stadttor von Sloggart nach Süden ging bis zur Schlucht, und dann etwa eine Meile an der Klamm entlang.« Er sieht dich aus unergründlichen Augen an. »Möglicherweise existiert diese Brücke auch heute noch. Falls sie noch begehbar wäre, würdet ihr mehr als einen Tagesmarsch einsparen.«

Du dankst Mansinius für diese Information und prägst dir ein, was er gesagt hat. Sobald ihr Sloggart verlassen habt, wirst du die Möglichkeit bekommen, die beschriebene Route einzuschlagen. Wenn du das tun möchtest, *ziehe 30 von der Zahl des Abschnitts ab, an dem du dich zu diesem Zeitpunkt befindest, und lies dort weiter.* (Notiere dir diesen Hinweis auf deinem **Abenteuerblatt** – er wird an der betreffenden Stelle nicht wiederholt werden.) Möchtest du Mansinius zum Abschluss noch zu einem gefundenen Gegenstand befragen (weiter bei **112**), oder lässt du es dabei bewenden und machst dich aufbruchsfertig (**110**)?

153

Sichtlich erfreut über eure Zusage wuchtet sich der Drache auf seinem scheppernden Thron in eine sitzende Position hoch. »Nun denn, so höret gut zu«, hallt seine Stimme durch das Gewölbe. »Einst verwüstete ich einen Landstrich in einem fernen Königreich namens Theelia. Mit meinem Feueratem setzte ich die riesigen Wälder des Landes in Brand. Das Feuer breitete sich rasend schnell aus, mit jedem Tag verdoppelte sich die Fläche, die zu Asche wurde. Nach exakt zwölf Tagen war jeder Baum und jeder Strauch Theelias vernichtet. Ha!« Gorgoloss verengt die Augen zu schmalen Schlitzen und starrt dich hinterhältig an. »Nun meine Frage an dich, Menschlein: Nach wie vielen Tagen war *genau die Hälfte* der Wälder Theelias zerstört?«

Neben dir hörst du Bolko entsetzt nach Luft schnappen. Er hat natürlich keine Ahnung, wie die Lösung lauten könnte. Ein Blick in Kjaras ratloses Gesichtchen verrät dir, dass auch sie die Antwort nicht weiß. Du legst die Stirn in Falten und denkst scharf nach … Wenn du glaubst, die Antwort zu wissen, *blättere zu dem Abschnitt, der der Zahl der Tage entspricht, die du Gorgoloss nennen willst.* Beginnt der betreffende Abschnitt nicht mit dem Wort »korrekt«, war deine Antwort falsch. In diesem Fall – oder wenn du die Antwort nicht weißt –, geht es weiter bei **170**.

154 Hektisch drehst du dich um und hetzt in Richtung Ausgang. Doch als du das Ende der Höhle erreichst, ist der Tunnel, durch den ihr gekommen seid, verschwunden – nur eine feuchte Wand aus Matsch wartet dort auf euch! Da dröhnt plötzlich wie Gewitterdonner das schadenfrohe Gelächter des Dämons durch das Gewölbe. Flammen schlagen aus Mal-Swoobs Kutte und breiten sich rasend schnell nach allen Seiten aus. Hilfesuchend schaust du zu Kjara, die neben dir in der Luft schwebt, doch auch ihr winziges Gesichtchen ist vor Panik verzerrt. Schon haben die Flammen euch erreicht und hüllen euch ein. Das Letzte, was du spürst, ist unglaubliche, alles verzehrende Hitze und dann … nichts mehr. Dein Abenteuer ist zu Ende.

155 Ihr nähert euch der Tür mit dem Glaseinsatz und drückt sie vorsichtig auf. Dahinter empfangen euch ein hell erleuchteter, warmer Raum und eine volltönende Stimme: »Willkommen in Elmors Pfandleihhaus!« Die Stimme gehört einem beleibten Mann in einem grauen Kittel. Er steht hinter einem hölzernen Tresen und winkt euch mit einem Arm näher, der so dick ist wie dein Oberschenkel. Mit seiner spiegelblanken, rosigen Glatze und der plattgedrückten Nase erinnert er dich an ein fettes, fröhliches Schwein. »Ich sehe, ihr seid nicht von hier«, stellt Elmor augenzwinkernd fest. »Daher will ich euch rasch die Spielregeln erklären: Ihr könnt bei mir etwas versetzen oder etwas kaufen, das jemand verpfändet und anschließend nicht wieder ausgelöst hat.« Stolz deutet er auf lange Reihen von Holzregalen. »Elmors Pfandleihhaus hält ungezählte Überraschungen bereit! Niemand geht von hier fort, ohne eine Kleinigkeit erworben zu haben.«

»Könnte die Kleinigkeit unter Umständen auch etwas Nahrhaftes sein?«, erkundigt sich Bolko voller Hoffnung.

»Lebensmittel sind verderbliche Ware und damit als Pfänder ungeeignet«, verkündet Elmor kopfschüttelnd.

Neugierig schlenderst du durch den Laden. In den Regalen türmt sich ein wildes Durcheinander aus nützlichen Gegenständen und überflüssigem Zeug – alles, was die Bürger von Sloggart irgendwann einmal dringend zu Geld machen wollten. Du entdeckst ein paar Dinge, die dich interessieren könnten. Als du dich bei Elmor nach den Preisen erkundigst, gibt er dir folgende Auskünfte:

- Einen leuchtenden Glimmeritstein an einem ledernen Stirnband gibt es für 2 Kupferkronen.
- Ein Fläschchen Gegengift gegen Schlangenbisse (2 Portionen) kostet 1 Kupferkrone.
- Ein angespitzter Pflock aus dem Holz der Eiseneiche wechselt für 5 Kupferkronen den Besitzer.

Leider hast du kein Bargeld bei dir, von Bolko ganz zu schweigen. Daher breitest du deine Besitztümer auf der Theke aus und fragst Elmor, ob du etwas davon für Geld versetzen könntest. Der Pfandleiher begutachtet alles und erklärt sich bereit, dir für folgende Gegenstände etwas zu geben:

- für einen Dolch in einer Lederscheide: 3 Kupferkronen
- für einen selbstgeschnitzten Wanderstock: 1 Kupferkrone
- für ein steinernes Amulett mit einer unbekannten Rune darauf: 5 Kupferkronen

Du ahnst, dass du deinen Besitz möglicherweise unter Wert hergibst, aber wenn du etwas kaufen möchtest, musst du dich wohl oder übel von etwas anderem trennen. Verkaufe, was du willst (sofern du es besitzt) und kaufe, was du magst. Vermerke alle Änderungen deines Besitzes in deinem **Abenteuerblatt**, auch alle Kupferkronen, die dir möglicherweise am Ende übrig bleiben. (Solltest du auf deinem Weg von einer Schlange gebissen worden sein und hast nun das Heilmittel gegen ihr Gift erstanden, lies sofort weiter bei **140**.) Anschließend verabschiedet ihr euch von dem Pfandleiher und verlasst sein Geschäft. Zurück im kalten, feuchten Nebel, folgt ihr der Straße vor dem Haus nach **219**.

156 Ihr marschiert mehrere Stunden, ohne dass euch jemand begegnet. Du legst ein zügiges Tempo vor, was zur Folge hat, dass dein übergewichtiger Vetter immer wieder hinter dir zurückbleibt. Wiesen, Getreidefelder und Äcker wechseln sich am Rand der Straße ab, am fernen Horizont ist gekräuselter Rauch aus den Kaminen kleiner Dörfer zu erkennen. Am späten Nachmittag beschreibt die Straße schließlich eine Biegung nach Westen. Geradeaus, am südlichen Horizont, kannst du eine gewaltige, dunkelgrüne Masse ausmachen, als hätte dort jemand einen riesigen Klacks weichgekochten Spinat ausgegossen. Zögernd bleibst du stehen.

»Machen wir endlich Pause?«, keucht Bolko. »Wird auch Zeit! Meine Füße bringen mich um.« Schwer atmend bleibt er neben dir stehen und deutet auf das Grün. »Was ist das?«

»Ein Wald.« Du zückst die Landkarte, die die Zauberin euch mitgegeben hat. »Das muss der Wald von Kwalm sein. Wie es aussieht, beschreibt die Große Allee einen weiten Bogen und umrundet das Gehölz, bevor sie jenseits davon weiter nach Süden führt. Ich frage mich, warum?«

Bolko starrt dich entsetzt an. »Sag bloß, du hast noch nie vom Wald von Kwalm gehört?« Als du den Kopf schüttelst, fährt er fort: »Unser Dorfältester, der greise Murka Säbelbein, hat mir oft von davon erzählt. Finster ist es darin und kalt, hat Murka gesagt, und unzählige Arten ekelhafter Kreaturen hausen dort. Kein Wunder, dass die Straße einen Bogen macht – da will keiner freiwillig durch!« Es ist offensichtlich, dass Bolko keinerlei Interesse hat, den Wald zu betreten. Er sieht sich hilfesuchend um. »Hey, was für ein Glück: ein fahrender Händler!«, ruft er plötzlich und deutet in nördlicher Richtung die Straße entlang. Ein Planwagen nähert sich in gemächlichem Tempo aus dieser Richtung. »Bestimmt lässt der uns mitfahren«, behauptet Bolko begeistert.

Du wirfst einen skeptischen Blick auf die Karte. Der Umweg, den die Straße macht, würde selbst auf einem Wagen weitaus länger dauern als der direkte Weg durch den Wald … und ihr habt doch so wenig Zeit! Bestehst du darauf, durch den Wald zu gehen (weiter bei **109**), oder möchtest du abwarten, bis der Händler heran ist, um ihn zu fragen, ob ihr mit ihm reisen dürft (**38**)?

157 Nach mehreren Minuten endet die Treppe in einem geräumigen Gewölbe. Im flackernden Fackelschein erkennst du lange Reihen steinerner Säulen, die eine von Spinnweben verhangene, halbrunde Decke tragen. Zwischen den Säulen stehen diverse längliche Steinkisten auf dem Boden. »Särge!«, zischt Bolko entsetzt in dein Ohr. Im selben Augenblick ertönt aus dem Schatten ein schabendes Geräusch, als kratze Stein über Stein. Du reißt die Fackel in die Höhe und erkennst, dass der Deckel des hintersten Steinsargs in der Reihe plötzlich offen steht. Daneben ist wie aus dem Nichts eine hochgewachsene Gestalt in einem wallenden schwarzen Umhang aufgetaucht. Als sie den Lichtkreis der Fackel betritt, erkennst du, dass es sich um einen leichenhaft blassen Mann mit straff zurückgekämmtem, schwarzem Haar handelt.

»Besucher in meinem Hause«, ruft der Fremde und breitet die Arme aus. »Ich heiße euch herzlich willkommen … wenngleich ich bezweifle, dass die Freude über euer Hiersein beiderseitig ist.« Er stößt ein hämisches Kichern aus, wobei in seinem Mund zwei lange, nadelspitze Eckzähne aufblitzen. Der Mann ist ein Vampir! Deine Gedanken rasen: Besitzt du etwas, womit du den Untoten abwehren kannst? Wenn ja, was ziehst du aus deinem Rucksack hervor:

– einen angespitzten Holzpflock (weiter bei **130**)?
– einen Bund vertrockneter Knoblauchzehen (**160**)?
– nichts davon (**194**)?

158 Du beginnst, wild zu strampeln und um dich zu schlagen. Fast sofort spürst du, wie sich die Krallen des Vogelmannes um deine Schulter lockern – und dich loslassen. Du willst gerade aufatmen, als dir ein entscheidender Nachteil deines Fluchtplans bewusst wird: Du befindest dich mehr als fünfzig Meter hoch in der Luft! Wie ein Stein saust du abwärts, in den Ohren den entsetzten Schrei deines Vetters, der deinen Sturz tatenlos mitansehen muss. Selbstverständlich überlebst du den Aufschlag auf den granitharten Boden nicht. Nun liegt es also allein in Bolkos Händen, Konduula zu retten. Ob das gut geht …?

159 Du hast das Gefühl, dass euer Vorsprung allmählich größer wird – da tut sich ein Hindernis vor euch auf: Ein Vorhang aus glitzerndem Staub, ähnlich dem Zaubernebel der Alven, spannt sich quer über den Korridor. Ihr seid so schnell, dass ihr nicht mehr bremsen könnt, und rennt aus vollem Lauf in das Glitzern hinein. »Ein magisches Teleportfeld!«, hörst du Kjaras Stimme, dann beginnt es überall an deinem Körper zu kribbeln. Der Zauber löst euch in Sekundenschnelle auf und versetzt euch körperlos an einen anderen Ort … Weiter bei **53**.

160 Du zerrst das knisternde Knollenbündel hervor und schleuderst es dem Vampir entgegen, wobei du auf sein Gesicht zielst. Doch die blasse Hand des Untoten fährt in die Höhe und fängt das Geschoss mühelos mitten aus der Luft. Mit gehässigem Blick starrt der Vampir die Knoblauchknollen an. »*Dieser* alte Trick nun wieder«, murmelt er, bevor er sie mit einem beiläufigen Zucken seiner Hand zu einem Haufen Brösel zerquetscht. Mit gefletschten Zähnen kommt er erneut auf euch zu. **Befrag das Schicksal:** Erhältst du ᚠ oder ᛣ, weiter bei **58**, ist das Ergebnis eine andere Rune, bei **194**.

161 Ihr wandert um den Fuß des Berges herum, bis ihr, verborgen zwischen wilden Sträuchern und Dornbüschen, einige verwitterte, in den Fels gemeißelte Trittstufen entdeckt. Sie enden auf einem Absatz vor einer kleinen, steinernen Tür, die fast völlig mit dem umgebenden Fels verschmilzt. Eine winzige Öffnung von der Größe einer Fliege ist die einzige Unregelmäßigkeit in der grauen Oberfläche.

»Super, ein Schlüsselloch«, freut sich Bolko. »Wer hat einen Schlüssel?« Er sieht Kjara und dich auffordernd an.

Du besitzt keinen Schlüssel und stellst dich innerlich bereits darauf ein, den ganzen Weg zur Vorderseite des Berges zurückzumarschieren. Da schwirrt die kleine Alve heran und bleibt vor dem Loch in der Luft stehen. »*Ich*«, kichert sie und zückt einen dünnen, zerbrechlich wirkenden Stab. Sie berührt damit das Schloss, und sofort schießt eine Wolke glitzernden Puders aus der Spitze des Stabes und in das Schlüsselloch. Im Innern der Tür ertönt ein leises Knirschen. Auf Kjaras Geheiß drückst du gegen den Stein – die Pforte schwingt auf.

»Alvenmagie riecht nicht nur gut, sie ist auch nützlich«, erklärt Kjara grinsend und steckt den Stab wieder fort. Hinter der Steintür führt eine uralte Wendeltreppe in die Tiefe. Vorsichtig setzt ihr einen Fuß vor den anderen, wobei ihr nicht verhindern könnt, dass eure Schritte (vor allem die deines Vetters) geisterhaft durch die enge Röhre hallen. Je tiefer ihr kommt, desto heißer wird es, und nach einer Weile bildest du dir ein, von unten ein regelmäßiges, pfeifendes Geräusch wahrzunehmen, wie von einem gewaltigen Blasebalg … oder einem riesigen, atmenden Lebewesen. Schließlich erreicht ihr das Ende der Treppe. Durch einen schmalen Durchgang betretet ihr eine riesige Höhle. Weiter bei **226**.

162 Eine Gänsehaut rinnt dir über den Rücken, als du Marlaras enttäuschtes Seufzen über das Plateau hallen hörst. »Damit ist das Schicksal Konduulas besiegelt«, haucht sie. »Offenbar täuschte sich meine Kristallkugel, als sie uns einen jugendlichen Held prophezeite, der alle Teile des Zauberstabs finden und unser Land retten würde.«

In der Ferne überschreitet Gorlashs Armee die gedachte Linie zwischen den Siegeltürmen und schwappt wie eine schmutzige Woge in dein Heimatland hinüber, um ihr Werk der Verwüstung zu beginnen. Schon seht ihr die ersten grenznahen Siedlungen in Rauch und Flammen aufgehen. Du bist froh, dass du zu weit entfernt bist, um Zeuge zu werden, was die dunklen Horden den wehrlosen Anwohnern antun. Ganz gleich, ob ihr das Plateau der Eis-Elben lebend wieder verlasst – unter der Herrschaft Gorlashs hält eure Zukunft für euch bestenfalls Sklaverei und Unterdrückung bereit. Du hast versagt, dein Abenteuer hat einen tragischen Ausgang genommen!

163 »Vergiss es«, verkündet Bolko kopfschüttelnd, als du ihm deine Absicht mitteilst. »Was willst du denn in diesem Loch? Mansinius finden wir da unten ganz sicher nicht.« Er verschränkt die Arme über seinem dicken Bauch und wendet sich demonstrativ ab. Wie es aussieht, musst du den Kanalschacht allein erforschen.

Vorsichtig beginnst du mit dem Abstieg. Die eisernen Sprossen sind verrostet und fühlen sich unter deinen Händen bröselig an. Du kannst kaum etwas erkennen, lediglich ein seltsamer, pelzig aussehender Schimmelpilz, der in den Ritzen der Mauersteine wächst, verströmt einen blassgelben Schimmer. Er reicht aus, um den Schleim zu erkennen, der träge an den Schachtwänden nach unten läuft. Es riecht wie in einer seit Jahrzehnten nicht gereinigten Toilette.

Als du etwa zehn Meter weit hinabgestiegen bist, ertönt von oben ein ohrenbetäubendes Gebrüll: »HEY! HEYYY! LEBST DU NOCH? WAS GIBT'S DA UNTEN?«

Die Stimme gehört natürlich Bolko, und die enge Röhre verstärkt sie wie ein Megaphon. Vor Schreck über den plötzlichen Lärmausbruch zuckst du heftig zusammen – und verlierst den Halt! Verfügst du über das Talent KLETTERN? Wenn ja, weiter bei **46**, wenn nicht, bei **76**.

164 Diesmal überlegt Mal-Swoob bedeutend länger. Dann setzt er mit einem leisen Grunzen seinen nächsten Kiesel:

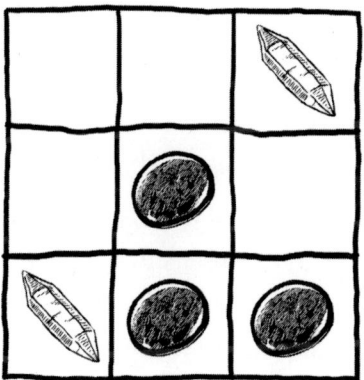

Du nimmst einen weiteren Kristall zur Hand – und stellst schwitzend fest, dass du einen Fehler gemacht hast! Weiter bei **133**.

165 Ihr übernachtet in einer kleinen Pension, wofür Kjara mit Kupferkronen aus Alvona aufkommt. Früh am nächsten Morgen sucht ihr erneut den Hafen auf, wo ihr ein großes Segelschiff ausfindig macht, das Passagiere den Fusselik hinab nach Osten transportiert. Die RIESENZWERG wird von einem freundlichen Kapitän namens Olver geführt. Kjara einigt sich mit ihm auf einen Preis, dann dürft ihr eine winzige Kabine im Unterdeck des Schiffes beziehen. Am späten Vormittag legt die RIESENZWERG ab, langsam zunächst, dann immer schneller, als Wind aufkommt und mit einem Knall die großen Segel füllt. Während Bolko unter Deck in der Kabine vor sich hinschnarcht, stehst du mit Kjara an der Reling und siehst zu, wie die Türme von Port Empeg in der Ferne verschwinden. Am nördlichen Ufer zieht das endlose Braun der Steppenlande vorüber, im Süden sind die fremdartig geformten, braunen Kuppen des Schlammhügellandes zu erkennen.

Am Abend wird im Speiseraum unter Deck etwas zu essen serviert, und ihr habt Gelegenheit, eure Mitreisenden kennenzulernen. Außer euch haben Kapitän Olver und seine beiden Matrosen noch vier weitere Passagiere an Bord genommen: einen hochgewachsenen, schlanken Händler aus Balthasaz, der auf den Namen Anglok hört, einen stämmigen Zwerg namens Messi, der im Gebirge von Phmek in den Bergwerken arbeitet, sowie Adamanta, ein weißblondes, hübsches Edelfräulein aus dem hohen Vercarien. Den vierten Mitreisenden, einen wiesel-artigen kleinen Burschen namens Diavlik, hast du am Nachmittag bereits kurz an Deck getroffen. Zum Essen ist er nicht erschienen, angeblich ist ihm übel.

Bei Tisch versuchen Kjara und du herauszufinden, ob ei-ner der Passagiere etwas über das Vermächtnis Zardrus weiß, doch ihr werdet enttäuscht. Bald darauf begebt ihr euch zu Bett, während die anderen noch bis spät in die Nacht über die Bedrohung durch den finsteren Gorlash diskutieren.

Der nächste Tag ist verregnet. Da es dir an Deck zu un-gemütlich ist und Bolko einmal mehr die viel zu enge Kabine mit Beschlag belegt, entschließt du dich, den kleinen Aufenthaltsraum im Bauch des Schiffes aufzusu-chen. Als du eintrittst, ist ein weiterer Passagier anwe-send. Der kleine Bursche namens Diavlik sitzt an einem Tisch vor dem Fenster und legt mit Spielkarten eine Pati-ence. Als du eintrittst, verzieht sich sein nagetierartiges Gesicht zu einen Grinsen, und er winkt dich fröhlich he-ran. Nachdem du neben ihm Platz genommen hast, er-kundigt sich Diavlik nach dem Ziel deiner Reise. Du er-klärst ihm, dass ihr vorhabt, das Plateau von Ann'Tonn aufzusuchen.

»Oho, die Heimat der Eis-Elben«, ruft er angewidert. »Ein übles Völkchen, gemein und hinterhältig. Ich war vor Jah-ren einmal dort und würde nie zurückkehren. Stell dir nur vor: Aus Angst davor, bestohlen zu werden, hat ihr

Herrscher, Lord Vorllon, im Innern des Plateaus einen riesigen Irrgarten angelegt! Darin verwahrt der alte Spinner alles, was ihm …« Plötzlich scheint dem kleinen Mann etwas einzufallen, und er greift in einen Umhängebeutel, den er quer über der Brust trägt. »Wusst ich's doch«, freut er sich und zeigt dir ein zusammengerolltes Stück Pergament. »Den hab ich damals mitgehen lassen: ein genauer Lageplan des verflixten Labyrinths.« Er lacht meckernd und hält dir das Schriftstück hin. »Hier, nimm! Vielleicht hast du dort Verwendung dafür, wohin ihr geht.«

Möchtest du Diavliks Geschenk annehmen (weiter bei **213**), oder ist dir seine Art unsympathisch, und du lehnst dankend ab (**113**)?

166 Du setzt die alte Pfeife an die Lippen, wobei es dich einige Überwindung kostet, den ekelhaften metallischen Geschmack zu ignorieren. So fest du kannst, bläst du hinein. Nichts geschieht. Zumindest *scheint* nichts zu passieren … Für die Vampirfledermäuse hingegen, die auch Töne wahrnehmen können, die für das menschliche Ohr nicht hörbar sind, passiert sehr wohl etwas: Begeistert stürzen sie sich auf den Ursprung des ultrahohen Lockrufs, der soeben erklungen ist – auf dich! Schwarze Schwingen verdunkeln dein Blickfeld, scharfe Krallen zerkratzen dir das Gesicht, reißen an deinen Haaren. Schon spürst du den ersten heißen Stich nadelspitzer Zähne an deinem Hals.

Zum Glück währt dein Todeskampf nicht lange. Du endest als blutleerer Leichnam auf der Galerie des alten Landhauses. Was jetzt aus Konduula werden soll und ob es dem Rat der Zauberer auch ohne dich gelingt, Gorlash den Dunklen abzuwehren, wirst du niemals erfahren.

167 Die Eis-Elben bringen euch in den Gefängnistrakt des Plateaus, wo sich Aberdutzende Zellentüren aus armdickem Eis aneinanderreihen. Sie öffnen eine davon und schubsen euch hinein, worauf die

Tür krachend hinter euch ins Schloss fällt. Die Zelle, in der ihr euch wiederfindet, misst nur wenige Schritte, und alles darin besteht – wie sollte es anders sein? – aus Eis, sogar die Schlafpritschen.

»Was nun?«, fragst du Kjara, der die Kälte weit stärker zusetzt als Bolko und dir. Ihre Lippen sind bereits blau angelaufen, die beiden Flügelpaare mit einer dicken Reifschicht überzogen.

»K-K-Keine Ahnung«, bibbert die Alve. »Wir k-können k-kaum etwas anderes tun als abwarten. Vielleicht ändert L-Lord Vorllon seine Meinung ja noch …«

Doch euch ist längst klar, dass das nicht geschehen wird. Zähneklappernd wartet ihr in eurem Gefängnis darauf, dass sich etwas tut. Bald merkst du, wie bleierne Müdigkeit dich überkommt, während die Kälte in deinen Gliedern höher und höher kriecht. Wie leicht es wäre, jetzt einfach einzuschlafen. Aber du weißt, das darfst du nicht … du darfst nicht … einschlafen … aber du bist so *müde* …

Es kommt, wie es kommen muss: Ihr erfriert in den eisigen Kerkern von Ann'Tonn. Das Schicksal Konduulas ist damit besiegelt.

168

Dir kommt ein unangenehmer Verdacht. Du beeilst dich, über Berge aus Kisten und Kästen ans hintere Ende der Ladefläche zu krabbeln. Was du dort siehst, bestätigt deine Befürchtung: Dein Vetter hat sich mit seinem Messer an den aufgetürmten Schinkenkeulen zu schaffen gemacht und schiebt sich genüsslich kauend Scheibe um Scheibe der teuren roten Spezialität in den Mund! Fassungslos packst du ihn am Kragen. »Was bist du nur für ein Mensch?«, zischst du. »Den armen Petrok zu bestehlen, wo er so nett zu uns gewesen ist!« Bolko reißt die Augen auf und deutet entschuldigend auf seinen Bauch, der immer noch knurrt wie ein hungriger Löwenbär. Du zerrst ihn beiseite und begutachtest den Schaden: Glücklicherweise bist du rechtzeitig gekommen, bevor Bolko mehr als einen Schinken ansäbeln konnte. Du drehst das Fleischstück auf die andere Seite, so dass die Beschädigung auf den ersten Blick nicht zu sehen ist. Glücklicherweise hat Petrok vorne auf dem Kutschbock nichts von dem Zwischenfall mitbekommen. Erst auf dem Markt von Balthasaz wird er feststellen, dass jemand seine Ware angeknabbert hat. Wütend zerrst du Bolko in eine Ecke des Wagens, wo du ihn für den Rest des Tages im Auge behalten kannst. Weiter bei **50**.

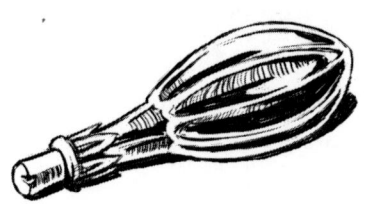

169 Ihr gelangt abermals an eine Kreuzung. Zur Rechten erkennst du eine Sackgasse, aus dem linken Stollen eilen mehrere wutschnaubende Eis-Elben mit gezückten Speeren heran. Notgedrungen entscheidest du dich für den Weg geradeaus. Ihr folgt ihm, bis ihr an einen Querweg kommt. Biegst du nach links (**178**) oder nach rechts ab (**189**)?

170 Stammelnd taumelst du rückwärts und versuchst, den Ausgang der Höhle zu erreichen. »Wohin so eilig, Winzling?«, grollt Gorgoloss und erhebt sich geschmeidig wie eine riesige Katze von seinem Hort. Ihr habt noch keine fünf Schritte geschafft, da ist er heran, reißt sein schreckliches Maul auf und verschlingt euch alle drei mit einem einzigen Bissen. Dein Abenteuer endet auf tragische Weise, Konduula bleibt einem finsteren Schicksal überlassen.

171 Du legst die Fingerspitzen an die Schläfen, schließt die Augen und konzentrierst dich. Sekunden später nimmst du das Herannahen zweier Lebewesen wahr: ein Mann auf einem Pferd. Du empfängst Wellen der Aufrichtigkeit und Güte. Der Reisende scheint ein friedfertiger Mensch zu sein, von dem keine Gefahr droht. Erleichtert schlägst du die Augen wieder auf. Weiter bei **241**.

172 Zwei volle Tage schleppt ihr euch durch den Schlamm dahin. Das Marschieren ist anstrengend, ihr kommt nur langsam voran. Zu allem Überfluss ist die Hügellandschaft aber bei Weitem nicht so unbewohnt, wie sie scheint. Am Nachmittag des zweiten Tages habt ihr eine unerwartete Begegnung … *Merk dir diesen Abschnitt, damit du hierher zurückkehren kannst, und gehe zu 147, um zu sehen, wer oder was euch hier über den Weg läuft!* Anschließend setzt ihr euren Weg nach **71** fort.

173 Ihr wandert einen halben Tag querfeldein durch die felsige Landschaft südlich von Alvona, Schließlich taucht die imposante Silhouette des Berges Bror vor euch am Horizont auf. Er steht völlig alleine da, eine einsame, über eine Meile hohe Felsspitze in einer ansonsten flachen Umgebung. »Was kannst du uns über diesen Drachen sagen, der sich auf dem Berg niedergelassen hat?«, willst du von Kjara wissen.

»Gorgoloss?« Die Alve schwebt in einem Halbkreis um dich herum, wobei sie eine glitzernde Spur in der Luft hinterlässt. »Genau genommen hat er sich nicht *auf* dem Berg niedergelassen, sondern *darin*.«

»Im Berg? Ist er denn hohl?«, erkundigt sich Bolko von der Seite. Du wunderst dich über seine Aufmerksamkeit, aber wahrscheinlich ist es nur der durchdringende Marzipanduft von Kjaras Zauberschweif, der ihn aus seinen Tagträumen gerissen hat.

»Nicht direkt. Aber es soll ein riesiges Gewölbe geben, tief unter dem Berg«, erklärt die Alve, bevor sie wieder auf deine Frage zurückkommt: »Gorgoloss ist noch ziemlich jung, für einen Drachen zumindest. Man schätzt, dass er höchstens 800 Jahre auf dem Buckel hat.«

»Zeit genug, um sich einen umfangreichen Hort zusammenzustehlen«, bemerkst du voller Hoffnung.

Am späten Nachmittag erreicht ihr den Fuß des Berges, und nach kurzer Suche entdeckt ihr an seiner nördlichen Flanke den Eingang einer großen Höhle. Vorsichtig nähert ihr euch dem gähnenden, schwarzen Loch. »Sieht ja höchst einladend aus«, bemerkt Bolko missmutig. »Jetzt weiß ich, wie sich ein Krapfen fühlen muss, bevor ich ihn in meinen weit geöffneten Mund schiebe.«

Kjara schwebt mit gerunzelter Stirn auf der Stelle. »Wenn ich mich recht erinnere, besagt eine alte Überlieferung, es gäbe irgendwo eine Hintertür.« Als sie deinen fragenden Blick bemerkt, fährt sie fort: »In Teilen dieses Berges wurde früher Smarinth gefördert, ein wunderschönes, sehr festes Edelgestein, aus dem Schmuck hergestellt wird. Das war lange, bevor der Drache kam. Als das Bergwerk geschlossen wurde, sprengten die Zwerge große Teile ihrer Anlagen. Nur eine kleine Tür auf der Rückseite des Berges soll noch existieren, mitsamt einer Wendeltreppe, die hinab in die Tiefe führt … angeblich.«

»Ach was.« Bolko macht einen Schritt auf den Höhleneingang zu. »Wenn wir schon da rein müssen, können wir genauso gut den Vordereingang nehmen. Los geht's!«

Stimmst du zu, den Berg durch die Höhle auf der Vorderseite zu betreten (weiter bei **239**), oder möchtest du lieber nach der Hintertür suchen (**161**)?

174 Der Fluss liegt noch nicht weit hinter euch, da fällt dir am fernen Horizont ein gewaltiger, kantiger Umriss auf. Im rötlichen Licht der tief stehenden Sonne schillert er, als bestünde er aus purem Diamant. Neugierig marschiert ihr darauf zu. Weiter bei **181**.

175 Schüchtern hältst du den beiden Wachposten die dicke, eiförmige Lommiak hin. Ihren überraschten Mienen entnimmst du, dass sie etwas Ähnliches noch nie zuvor gesehen haben. »Was soll das denn sein?«, keift der Narbengesichtige. »Was sollen wir damit?«

»Ich weiß, was das ist!«, ruft der andere belustigt. Er nimmt dir die Frucht aus der Hand und kickt sie wie einen Ball in hohem Bogen davon. Mit einem platschenden Geräusch trifft sie irgendwo im Nebel auf dem Pflaster auf und zerplatzt (streiche die Lommiak-Frucht von deinem **Abenteuerblatt**). Die Torwächter brechen in brüllendes Gelächter aus. Euch bleibt nichts anderes übrig, als zu versuchen, die beiden unsympathischen Burschen zu überrumpeln. Weiter bei **82**.

176 Unvermittelt reißt sich dein Gegenüber die Kapuze vom Kopf. Du erschrickst bis ins Mark, als du siehst, was darunter zum Vorschein kommt: Der Kopf des Wesens ist ein schwarzer, von lodernden weißen Flammen eingehüllter Totenschädel! »*Endlich!*«, hallt seine Stimme schrecklich verzerrt durch die Höhle. *»Wie lange hat Mal-Swoob, der mächtigste Dämon der Unterwelt, auf eine Gelegenheit gewartet, mit einem Sterblichen um dessen Seele zu spielen!«* Weiter bei **105**.

177 Ein Stück abseits der Straße entdeckt ihr einen verwilderten Pfad, der geradewegs auf den Hügel mit dem Landhaus zuführt. Als ihr das Haus erreicht, ist die Sonne längst untergegangen. Im fahlen Mondlicht erkennst du, dass das Gemäuer einst sehr prächtig gewesen sein muss. Nun jedoch sind die Mauern löchrig und von Efeu überwuchert, zwischen den Balken des mit Erkern und Türmchen verzierten Daches funkeln die Sterne hindurch. Als Bolko gegen die halb verrottete Eingangstür drückt, gibt sie quietschend nach. Mit einem mulmigen Gefühl folgst du deinem Vetter nach drinnen.

Durch das löchrige Dach erhellt der Mond eine hohe Eingangshalle. Vermoderte Teppiche bedecken den Boden, die Wände sind mit verblassten Ölgemälden und ausgestopften Tierköpfen geschmückt. Alles ist dick mit Staub bedeckt. Eine breite Treppe am entgegengesetzten Ende führt zu einer Galerie mit hölzernem Geländer hinauf. Auf der rechten Seite der Halle erkennst du eine große zweiflügelige Tür, auf der linken einen kleinen Durchgang, hinter dem eine Treppe abwärts zu führen scheint.

»*Haaa-lloooo!*«, ruft Bolko. Seine Stimme klingt dünn und verloren in dem großen, finsteren Raum. Unwillkürlich kriecht dir eine Gänsehaut über den Rücken.

»Scheint keiner zu Hause zu sein«, murmelt dein Vetter. »Lass uns mal sehen, ob wir irgendwo einen Platz zum Pennen finden.«

Da auf den ersten Blick keine Gefahr auszumachen ist, stimmst du zu, dich umzusehen. Willst du über die breite Treppe am anderen Ende der Halle auf die Empore hinaufsteigen (weiter bei **52**) oder durch die Doppeltür in der rechten Wand gehen (**218**)? Du könntest auch den schmalen Durchgang auf der linken Seite der Halle untersuchen, der offenbar in den Keller hinabführt (**210**).

178 Ihr legt an Tempo zu, und sogar Bolko hält tapfer mit. So schnell rennt ihr, dass du eine Abzweigung zu eurer Linken erst bemerkst, als ihr bereits daran vorbeigedonnert seid. Weiter bei **83**.

179 »Zum Verbleib der restlichen beiden Bruchstücke kann ich euch leider nichts sagen«, antwortet Mansinius und schüttelt bedauernd den Kopf. »Vor Jahren ging das Gerücht, eines befände sich weit im Süden des Landes, an einem unwegsamen und bösen Ort. Aber das ist eine unbewiesene Behauptung ohne echten Nutzen. Es tut mir leid.« Wieder schließt Mansinius die Augen, und diesmal hast du keine Zweifel, dass er sehr erschöpft ist. Vielleicht solltest du euren Besuch bei ihm jetzt besser beenden und dich verabschieden (weiter bei **110**)? Oder bestehst du darauf, dass dir der alte Mann noch etwas über einen rätselhaften Gegenstand in deinem Besitz erzählt (**112**)? Fragst du ihn stattdessen nach dem schnellsten Weg zu den Fingern von Brekkh, weiter bei **152**.

180 Du übergibst Brancus'Kym alles, was sich in deinem Rucksack befindet (streiche *alle* Gegenstände von deinem **Abenteuerblatt**. Einzig auf deinen Wanderstock verzichtet der Räuberhauptmann, ebenso auf deinen Dolch, der ihm viel zu mickrig ist.) So herb der Verlust für dich ist, die Bande scheint mit ihrer Ausbeute nicht zufrieden zu sein. Unter lautstarken Beschimpfungen öffnen sie den Kreis um euch und scharen sich wieder um ihren Anführer.

»Mit Verlaub: Das ist erbärmlich!« Zur Bestätigung seiner Worte verpasst der Anführer Bolko einen kräftigen Tritt in den Allerwertesten. »Merkt euch dies, ihr Wichte: Sollte Brancus'Kym euch noch einmal irgendwo in seinem Territorium antreffen, dann schneiden wir euch die Kehlen durch, verstanden?« Er zieht ein langes Messer aus dem Gürtel und macht damit eine zischende Bewegung durch die Luft. Eingeschüchtert stolpert ihr zur Straße zurück und eilt in südlicher Richtung davon, nach **220**.

181

»Was ist das?«, erkundigt sich Bolko, während ihr euch dem gigantischen, glitzernden Gebilde nähert.

»Das«, erklärt Kjara, »ist das Plateau von Ann'Tonn.«

»Aber wieso glänzt es so?«, willst du wissen. »Besteht es denn nicht aus Fels?«

Grinsend schüttelt die Alve ihren kleinen Kopf. »Wie ich sehe, seid ihr mal wieder bestens informiert. Nein, das Plateau besteht natürlich aus purem Eis.«

»*Eis?*« Bolkos Stimme klingt herablassend. »Du spinnst doch. Im Sommer gibt es nirgendwo in Konduula Eis oder Schnee, höchstens auf den allerhöchsten Gipfeln des Gebirges von Phmek. Woher sollte hier so ein riesiger Eisklotz kommen?«

»Ann'Tonn wurde mithilfe von Magie geschaffen«, erwidert Kjara genervt. »Vor rund 500 Jahren kam der Stamm der Eis-Elben aus dem hohen Norden nach Konduula. Ursprünglich lebte dieses Volk in einem abgelegenen Winkel des hohen Vercarien. Doch es verlor einen Krieg gegen die Frostopusse, unheimliche achtarmige Bewohner der Eismeere, und wurde aus seiner Heimat vertrieben. Damals siedelten sich die Eis-Elben hier an, und schufen unter Lord Galak, dem Vorgänger ihres heutigen Herrschers, ein riesiges Plateau aus Eis, in dem sie seither leben.«

»Warum schmilzt das Plateau nicht?«, fragst du. »Es ist doch viel zu warm für Eis.«

»Mächtige Bannsprüche hindern die Eismassen daran.« Kjara deutet geradeaus. »Seht, auf der Vorderseite befindet sich ein Tor. Es führt ins Innere von Ann'Tonn. Das ganze Plateau ist ausgehöhlt, im Innern gibt es unzählige Kavernen, Räume, Hallen und Flure. Eine regelrechte Stadt.« Die Alve bleibt neben dir in der Luft stehen und runzelt die Stirn. »Eine Sache noch: Die Eis-Elben gelten als verschlossen und eigenbrötlerisch … verständlich, bedenkt man ihre Geschichte. Sie lieben die Einsamkeit und fühlen sich von Besuchern eher gestört. Ihr gegenwärtiger Herrscher, Lord Vorllon, soll ein schwieriger Gesprächspartner sein. Böse Zungen bezeichnen ihn gar als geisteskrank.« Sie wirft Bolko einen besorgten Seitenblick zu. »Es wäre daher gut, wenn gewisse Teile unserer Gruppe sich mit dummen Kommentaren zurückhalten könnten …«

Bolko nickt heftig und legt dir großspurig eine Hand auf die Schulter. »Hast du gehört? Gib acht, was du sagst, sobald wir drin sind. Du willst doch nicht, dass wir gleich wieder rausfliegen, oder?«

Als die Sonne am Horizont verschwindet, erreicht ihr das Tor. Seine Umrandung ist mit kunstvollen Eisschnitzereien verziert – Schlangen, Drachen und seltsame Ornamente. Vor der Öffnung stehen in einem Halbkreis mehrere schlanke Männer in eleganten, silbrig glänzenden Rüstungen. Sie haben Speere in den Händen und hohe Helme auf dem Kopf, an deren Seiten spitze Ohren hervorlugen. Überrascht stellst du fest, dass ihre Haut, im krassen Gegensatz zu ihrem hellblonden Haar, glänzend schwarz ist.

»Halt! Was wollt ihr hier?«, ruft einer barsch.

Sogleich schwebt Kjara vor und verkündet mit ausgesucht höflichen Worten, dass ihr Reisende von weither seid und den Herrn der Eis-Elben in einer dringenden Angelegenheit sprechen müsst. Die Wachen starren euch aus schmalen Schlitzaugen misstrauisch an. Dann umringen sie euch und geleiten euch mit angelegten Speeren hinein.

Hinter dem Tor führt ein breiter, schnurgerader Flur mit Wänden aus purem Eis tiefer in das Plateau. Eingeschlossen in kleine Hohlräume flackern magische Fackeln, die ein sonderbares, blaues Licht verbreiten. Bereits nach wenigen Schritten ist die Luft so kalt, dass du kaum noch atmen kannst. Kjara versucht unterdessen, ein Gespräch mit euren Bewachern anzufangen. Doch die einzige Antwort, die sie erhält, sind grimmige Blicke. Die ganze Sache ist dir irgendwie nicht geheuer. Als wenig später die Einmündung eines Seitenstollens in Sicht kommt, schießt dir ein Gedanke durch den Kopf: Du könntest versuchen auszubrechen und durch diesen Gang zu fliehen (weiter bei **128**). Oder beherzigst du lieber Kjaras warnende Worte und verhältst dich ruhig? In diesem Fall musst du wohl oder übel abwarten, wohin man euch bringt (**68**).

182 Rasch trittst du neben deinen Vetter, doch die Entscheidung ist längst gefallen. Das breite Gesicht des Mannes auf dem Kutschbock verzieht sich abrupt, jedoch nicht verärgert, sondern eher belustigt. »Ich bedaure, ›großer Bolko‹«, stößt er prustend hervor. »So lange, bis Eure Umgangsformen sich gebessert haben, werdet Ihr Eure Reisen zur Rettung Konduulas wohl zu Fuß zurücklegen müssen.« Er bricht in lautes Gelächter aus, treibt seine Maultiere an und rollt rumpelnd an euch vorbei.

»Toll gemacht!«, schnaubst du, als er in der Ferne verschwunden ist.

»Aber ich … wieso …? Der muss uns doch mitnehmen«, stammelt Bolko fassungslos. Du überlegst in der Zwischenzeit, ob ihr die Umgehung des Waldes nun zu Fuß in Angriff nehmen (weiter bei **12**) oder lieber, deinem ursprünglichen Plan folgend, den direkten Weg mitten durch den Forst von Kwalm einschlagen sollt (**109**).

183

Mal-Swoob lässt sich viel Zeit für seinen nächsten Zug. Dann setzt er seinen Kiesel:

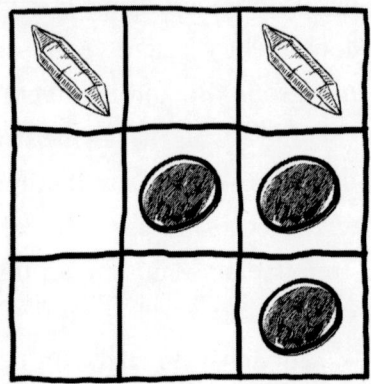

Überrascht erkennst du, dass der Dämon einen Fehler gemacht hat – du hast ihn im Sack! Weiter bei **48**.

184

Schweißperlen treten dir auf die Stirn, während Gorgoloss ein tiefes Knurren ausstößt: »Na, wird's bald?«

Plötzlich fällt dir ein Rätselreim ein, den dein Großvater dir vor vielen Jahren einmal beigebracht hat. Stockend, aber Zeile für Zeile lauter werdend, schleuderst du ihn dem Drachen entgegen:

»Es zittert schon bei luft'gem Hauch,

und trägt doch schwerste Lasten auch.

Kannst es nicht greifen, ei der Daus –

zum Teil besteh ich selber draus!«

Der Drache starrt dich verblüfft an. Dann knurrt er erneut, lang und durchdringend. »Zittert bei luft'gem Hauch. Hmm … und es trägt schwerste Lasten? Verflucht!« Tiefe Falten furchen seine gepanzerte Stirn. »›Zum Teil besteh ich selber draus‹ … Woraus bestehst du Winzling, außer aus köstlichem Fleisch?« Minuten vergehen. Schließlich stößt Gorgoloss ein ohrenbetäubendes Gebrüll aus. Instinktiv machst du einen Satz rückwärts. Doch statt über dich herzufallen, sinkt der Drache ermattet in sich zusammen und bettet seinen Kopf auf den Haufen klirrenden Metalls unter sich. »Ich weiß es nicht, Winzling«, gesteht er. »Verrate mir die Antwort!«

»*Wasser*«, rufst du mit stolzgeschwellter Brust. »Wasser zittert im Wind und trägt zugleich schwerste Lasten – Schiffe zum Beispiel. Man kann es nicht greifen, und wir Menschen bestehen zu gut zwei Dritteln daraus.«

Aufgeregt flattert Kjara um deinen Kopf und tuschelt: »Das war genial! Drachen sind Wesen des Feuers. Klar, dass Gorgoloss die Antwort nicht wusste.«

Ein malmendes Geräusch hallt durch die Höhle – Gorgoloss, der wütend mit den Zähnen knirscht. »Ihr habt mich besiegt, Winzlinge«, gibt er zu. »Da ich die Regeln des Rätselspiels achte, will ich mich an meine Vereinbarung halten und euch sagen, was ich weiß.«

»Besitzt Ihr eines der Bruchstücke von Zardrus Stab?«, platzt du heraus.

Der Drache schweigt kurz, dann sagt er leise: »Nein.« Als er dein enttäuschtes Gesicht sieht, fügt er hinzu: »Überzeugt euch selbst: Im Hort des Gorgoloss befindet sich kein Stück aus Holz, nur kostbarstes Edelmetall.« Er reißt den Kopf in die Höhe und speit eine grell lodernde Feuerlanze zur Höhlendecke empor. In dem aufflammenden Licht könnt ihr erkennen, dass der gewaltige Haufen, auf dem der Drache liegt, tatsächlich vollständig aus Metall besteht – allerdings nicht aus kostbaren Schätzen, sondern ausschließlich aus Schrott. Ambosse, verbeulte Rüstungen, Pflugscharen, Kochtöpfe und tausend wertlose Dinge mehr liegen unter dem schweren Leib der Riesenechse aufgehäuft.

»Klarer Fall«, flüstert Kjara in dein Ohr. »Gorgoloss ist noch jung. Er hat nicht gelernt, Wertvolles von Tand zu unterscheiden. In 500 Jahren oder so wird er fraglos auf einem richtig kostbareren Hort hocken.«

Du lässt die Schultern hängen. Ihr habt haufenweise Zeit vertan, für nichts und wieder nichts.

»Vielleicht weiß ich dennoch etwas, das euch helfen kann«, lässt sich der Drache da wieder vernehmen. »Ihr müsst wissen, normalerweise fresse ich alles und jeden, der sich zu meinem Berg verirrt. Manchmal sind Geschöpfe von weither darunter. Wie jeder Drache beherrsche ich die Sprachen aller lebenden Kreaturen, und zum Zeitvertreib plaudere ich manchmal ein wenig mit meiner Mahlzeit … nachdem ich ihr alle Glieder gebrochen habe, damit sie nicht mehr fliehen kann, natürlich. Bei einer solchen Gelegenheit unterhielt ich mich einst mit einem Botschafter der Eis-Elben, die auf dem Plateau von Ann'Tonn hausen, weit im Osten. Er war auf der Durchreise nach Scyvia, aber natürlich sollte er nie dort ankommen.« Der Drache lacht furchtbar. »Nachdem ich ihm die Beine zerschmettert hatte, ließ ich mir die Geschichte seines Volkes erzählen. Dabei erfuhr ich, dass in einer Kammer im Herzen eines verzweigten Labyrinths ein ›unvorstellbar kostbares, *hölzernes* Artefakt‹ verborgen sei. Klingt das nicht nach einem dieser Zauberstabstücke, die ihr sucht? Bevor ich seinen Schädel knackte wie eine Nuss, verriet mir der Elb sogar den kürzesten Weg durch den Irrgarten. Wie sagte er noch? ›Immer nur rechts abbiegen‹, das waren seine Worte. Echte Leckerbissen übrigens, diese Eis-Elben!«

Je mehr Gorgoloss übers Essen redet, desto mehr rät dir dein Instinkt, schleunigst von hier zu verschwinden. Du dankst dem Drachen für seine Informationen (notiere, was dir davon wichtig erscheint, auf dein **Abenteuerblatt**), dann verlasst ihr seine Behausung auf demselben Weg, auf dem ihr gekommen seid. Weiter bei **201**.

185 Interessiert betrachtet der alte Mann das Amulett. Als er die Rune auf der Vorderseite entdeckt, stößt er pfeifend Luft aus. Er zieht ein Gestell mit zwei kleinen runden Glaslinsen aus seiner Robe hervor, klemmt es sich auf die Nase und unterzieht das Schmuckstück einer eingehenden Untersuchung. »Kaum zu glauben«, haucht er. »Ihr habt einen Golemiten gefunden, ein legendäres magisches Artefakt, dem die Macht zur Erweckung unbelebter Materie innewohnt. Mit einem Amulett wie diesem könnte ein böser Hexenmeister mühelos ein riesiges Heer zu Leben erwecken – ein Heer aus Toten, Steinfiguren oder Skeletten, die seinem Willen unterworfen wären.« Mansinius hält inne, um sich grübelnd den Bart zu streichen. »Man nahm an, dass alle Golemiten schon vor Zeiten mit bösen Herrschern untergegangen oder von tapferen Helden zerstört worden wären. Nicht einmal der finstere Gorlash besitzt einen.« Der alte Mann sieht dich ernst an. »Hütet diesen Schatz gut, und verwendet ihn nur in größter Not! Die Zauberkraft, die durch die magische Rune in diesem Amulett gebannt ist, vermag alles zum Leben zu erwecken, worauf es gerichtet wird. Sprecht laut und deutlich das Wort *Brakulekitabulot* aus, und was leblos war, wird erwachen und euch in einem Kampf verteidigen bis zu seiner Auslöschung.«
Mit großen Augen nimmst du das Amulett wieder an dich. (Vermerke auf deinem **Abenteuerblatt**, wie der Zauber anzuwenden ist und was er bewirkt.) Weiter bei **110**.

186 Als du dich dem Mann näherst, wird dir klar, dass er steinalt sein muss. Sein langes Pferdegesicht ist blass und zerknittert wie das einer Mumie, die Wangen eingefallen. Er bemerkt dich erst, als du direkt vor ihm angelangt bist. Da streckt er zitternd einen dürren Arm nach dir aus. Seine gesprungenen Lippen öffnen sich, doch wiederum ist kaum mehr als ein hohles Krächzen zu vernehmen.

»Der Kerl ist ausgetrocknet wie ein Stück Dörrobst«, bemerkt Bolko aus der Sicherheit hinter deinem Rücken. »Sieht aus, als könnte er dringend ein bisschen Flüssigkeit vertragen.«

Hast du eine violette Lommiak-Frucht bei dir und willst sie dem Fremden geben? Wenn ja, weiter bei **24**, wenn nicht, bei **51**.

187 Ihr duckt euch unter den dicken Schlammfäden hindurch, die vom Rand der Öffnung herabbaumeln, und tretet in einen schleimigen Tunnel. Überall tröpfelt und platscht es, die Luft ist kühl und riecht brackig und feucht. Nach einer Weile erweitert sich der Gang zu einer runden Höhle, die von Schüsseln mit brennendem Öl erhellt wird. Nahezu jeder Quadratmeter ist angefüllt mit gläsernen Vitrinen, Sockeln und Etageren, die allesamt mit absonderlichen Gegenständen bestückt sind. Du erkennst Amulette und Ringe mit eigentümlichen Schriftzeichen darauf, komplizierte astrologische Instrumente, präparierte Tiere, Fläschchen mit grell gefärbten Flüssigkeiten und vieles mehr.

Während du dich noch staunend umsiehst, lässt sich Kjara auf deine Schulter sinken und flüstert dir ins Ohr: »Hier stimmt etwas nicht. Böses liegt in der Luft … schwarze Magie. Ich bin mir sicher, wenn du auch nur eines dieser Schaustücke berührst, geschieht etwas Grässliches.«

Du hörst nur mit halbem Ohr zu. Auf einem Sockel ganz in der Nähe hast du etwas entdeckt, das dir den Atem stocken lässt: Unter einer halbrunden leuchtenden Kuppel, ähnlich einer Käseglocke, liegt ein unterarmlanges Stück sehr altes Holz, das mit einem kunstvollen Schnitzmuster verziert ist. An einem Ende ist eine faustgroße, glänzende Kugel aus Glas oder Kristall eingelassen, am anderen ist das Holz gesplittert, als sei dort ein Stück abgebrochen. Du hast keinen Zweifel – dies muss ein Teil vom magischen Stab Zardrus sein!

»Sieh an, Besucher in meinem bescheidenen Heim?«, ertönt da eine krächzende Stimme. Du fährst herum. Jetzt erst fällt dir auf, dass zwischen all den Schaukästen ein kleiner Tisch steht. Eine hagere Gestalt in einem schwarzen Kapuzenmantel sitzt dort und poliert ein edelsteinbesetztes Diadem. Der Fremde erhebt sich und kommt gebückt, mit gleitenden Bewegungen, auf euch zu. »Höchst sonderbar«, murmelt er dabei. »Wieso hat Schätzchen euch passieren lassen?«

Du ahnst, dass er mit »Schätzchen« den Basilisken meinen muss. Bevor du etwas erwidern kannst, macht euer Gegenüber eine abwinkende Geste, wobei im Ärmel seiner Kutte eine unfassbar hagere Hand mit schwarzen, klauenartigen Nägeln zum Vorschein kommt. »Egal. Was führt euch hierher? Was wünscht ihr von einem Sammler magischer Utensilien?«

Du holst tief Luft und erklärst, dass ihr auf der Suche nach den drei Teilen von Zardrus Zauberstab seid. Da stößt der Fremde ein keckerndes Lachen aus. Er tritt neben den Sockel mit dem hölzernen Bruchstück. »Was für ein *Zufall*«, säuselt er. »Ihr habt unbeschreibliches Glück … sofern man das so nennen will. Denn ich besitze eines dieser drei Stabteile.« Er starrt euch aus den schattigen Tiefen seiner Kapuze lauernd an. Unwillkürlich musst du an Kjaras Warnung denken.

In diesem Moment tritt Bolko vor. »Gebt es heraus!«, fordert er mit kippeliger Stimme. »Es geht um das Wohl unseres Landes. Das kann Euch doch nicht egal sein?«

»Oh, Dickerchen – wenn du wüsstest, *wie* egal mir das ist«, kichert der Vermummte. »Aber schön. Ich mache euch ein Angebot: Ich werde mit euch um dieses Zauberstabstück *spielen*. Und zwar ein Spiel, das ich ›Kristalle und Kiesel‹ nenne. Mein Einsatz ist das Bruchstück des Stabes. Solltet ihr gewinnen, könnt ihr es haben. Verliert ihr dagegen …«

»Ich fürchte, wir haben nichts Wertvolles bei uns, das wir als Einsatz bieten könnten«, wendest zu zögernd ein.

»Oh, ihr besitzt sehr wohl etwas Wertvolles, um das ihr spielen könnt«, behauptet der Kapuzenträger geheimnisvoll und lacht erneut. »Wie ist es – wagt ihr ein Spielchen?«

Dir ist nicht wohl bei der Vorstellung, mit diesem eigenartigen Kerl zu spielen. Andererseits ahnst du, dass dir kaum eine Wahl bleibt, wenn ihr das Bruchstück in euren Besitz bringen wollt. Akzeptierst du eine Runde »Kristalle und Kiesel«, was immer das ist (weiter bei **176**)? Oder lehnst du ab und versuchst, den Fremden mit Worten zu überzeugen, euch das Artefakt zu überlassen (**134**)?

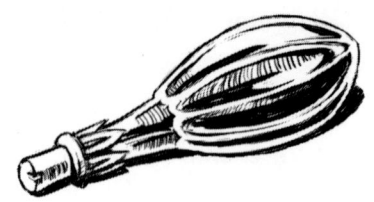

188

Ihr folgt dem Pfad nach links, wobei du vergeblich herauszufinden versuchst, von welcher Kreatur die zahlreichen Abdrücke stammen könnten, die überall im feuchten Waldboden zu sehen sind. Während ihr marschiert, hörst du immer öfter Vögel zwitschern. Wind raschelt jetzt in den Blättern, die bedrückende Stimmung fällt mehr und mehr von euch ab. Nach einer Weile erreicht ihr eine Stelle, wo zu eurer Rechten ein schmaler, überwucherter Pfad in südliche Richtung vom bisherigen abzweigt. Geradeaus ist der Boden noch aufgewühlter als bisher. Auch die Moosschicht der Bäume wirkt dort irgendwie abgeschabt, als hätte sich kürzlich jemand an den Stämmen zu schaffen gemacht.

»Wollten wir nicht ans südliche Ende des Waldes?«, erkundigt sich Bolko, während er sich mit dem Zeigefinger tief in der Nase bohrt. »Die Abzweigung hier führt nach Süden, oder?«

Da kannst du deinem Vetter nicht widersprechen. Willigst du ein, den neuen Pfad nach Süden einzuschlagen (weiter bei **104**), oder bestehst du darauf, dem alten Weg in die bisherige Richtung folgen (**122**)?

189 Keuchend erreicht ihr eine T-Kreuzung: Willst du nach links (**33**) oder nach rechts laufen (**151**)?

190 Du stemmst dich mit beiden Füßen fest auf den abschüssigen Untergrund. Als dein Vetter zappelnd angeschossen kommt, packst du mit beiden Händen zu und hältst ihn fest. Es dauert einen Augenblick, bis er begreift, dass seine rasende Talfahrt gestoppt ist. Dann richtet er sich umständlich auf, klopft sich den Staub von den Kleidern und dankt dir nuschelnd. In diesem Moment ertönt in der Tiefe ein urtümliches Grollen. Bolkos Schreie müssen dem Drachen eure Anwesenheit verraten haben! Du spürst einen Schwall heißer Luft durch den Tunnel heranrollen, dann erscheint tief unten ein heller Lichtschein, der rasend schnell näher kommt.

»Der Drache speit Feuer! Hinwerfen!«, hörst du Kjara schreien. Hastig wirfst du dich zu Boden. **Befrag das Schicksal:** Erhältst du ᚠ, ᚾ, ᛗ oder ᛈ, geht es weiter bei **111**. Ist das Ergebnis eine andere Rune, weiter bei **215**. (Verfügst du über das Talent VORAHNUNG, hast du diesen Zwischenfall vorhergesehen. Lies sofort weiter bei **215**, ohne das Schicksal zu befragen.)

191 Als du eure Suche nach Zardrus Vermächtnis erwähnst, wird der Rintaurenführer hellhörig. »Mit diesem Stab könnte der drohende Angriff des finsteren Gorlash abgewendet werden?« Als du nickst, krault sich der Bullenmann nachdenklich das Kinn. »Ihr müsst wissen, unsere Heimat, die Steppe, reicht im Osten bis an die Grenze Konduulas heran, bis in die unmittelbare Nähe Sulphurias. Kundschafter aus dieser Region haben in den vergangenen Tagen berichtet, dass jenseits der Grenze eine gewaltige Armee Aufstellung bezieht. Der Angriff des dunklen Herrschers muss demnach unmittelbar bevorstehen.« Er stampft heftig mit den Hufen. »Ich bedaure, aber ich weiß nichts, das euch bei eurer Suche weiterhelfen könnte. Wenn ihr wollt, bringen ich und meine Leute euch nach Orlik, unsere Hauptstadt im Herzen der Steppe. Vielleicht weiß Zwarlak, unser Herr und Gebieter, etwas über die Aufenthaltsorte der Bruchstücke?«

Hin- und hergerissen blickst du zu Kjara hinüber, die skeptisch die Stirn runzelt, dann zu Bolko, der sich müßig mit seinem Dolch die Fingernägel säubert und offenbar nicht zugehört hat. Möglicherweise verfügt der Gebieter der Rintauren über nützliche Informationen. Falls nicht, würde der Abstecher nach Orlik allerdings einen beträchtlichen Zeitverlust bedeuten. Nimmst du das Angebot der Rintauren an (weiter bei **28**), oder lehnst du dankend ab und kehrst mit deinen Freunden zur Großen Allee zurück (**211**)?

192 Du gibst Bolko ein unauffälliges Zeichen. Fast gleichzeitig rennt ihr los. Bevor die ungepflegten Burschen noch begriffen haben, was passiert, seid ihr unter ihren Armen hindurchgeschlüpft. Hinter euch werden wütende Schreie laut, und die Bande nimmt die Verfolgung auf.

Ihr umrundet die nächste Ecke des Hauses und seht, dass sich dahinter ein schmaler Waldstrich anschließt. Willst du versuchen, zwischen den Bäumen ein Versteck vor den zornigen Räubern zu finden (weiter bei **60**)? Oder läufst du lieber weiter um das Haus herum in der Hoffnung, sie auf diese Weise abzuhängen (**27**)?

193 Mit lautem Klatschen schlägt Bolko auf dem Boden auf. Der Kopf des Basilisken, der sich soeben die letzten Schmutzreste aus seinen großen gelben Augen gerieben hat, zuckt herum und fixiert euch! Sofort spürst du, wie deine Glieder schwer werden. Zwei Herzschläge später bekommst du deine Füße nicht mehr vom Boden hoch. Als du mit einem stummen Schrei die

Hand vor die Augen hebst, siehst du, wie sie sich Stück für Stück grau verfärbt, dann lässt sie sich nicht mehr bewegen. Der weiche Boden gibt unter deinem Körper nach, und wenige Augenblicke später steckst du bis zu den Hüften im feuchten Schlamm. Du endest wie so viele Abenteurer vor dir als kalte Steinfigur im Herzen des Schlammhügellandes. Deine Mission ist gescheitert, Konduula dem Untergang geweiht!

194 Panisch weicht ihr in Richtung Treppe zurück, doch der Blutsauger ist schneller als ihr. Wie die Flügel einer gewaltigen Fledermaus bauscht sich sein Umhang vor dir auf und nimmt dir die Sicht. Dann spürst du zwei glühend heiße Einstiche an deinem Hals. Sofort werden deine Bewegungen langsamer, deine Gedanken träger, Dunkelheit umfängt dich … Ganz gleich, ob du jetzt dein Leben aushauchst oder später als Untoter zurückkehrst, verdammt dazu, das Licht des Tages zu meiden und anderen Geschöpfen das Blut auszusaugen – dein Abenteuer als hoffnungsvoller Retter Konduulas endet hier auf tragische Weise.

195

»Tja«, hebst du an. »Ich hatte dir doch gesagt, du sollst dir etwas Proviant für später …« Weiter kommst du nicht, denn da ist Bolko bereits zu Petrok geeilt und bettelt ihn um etwas zu essen an. Doch der Händler muss ihn enttäuschen: Für die mehrtägige Reise nach Balthasaz hat er gerade genug Nahrungsmittel für sich selbst eingepackt, und seine Waren sind selbstredend tabu. Enttäuscht kehrt Bolko zu dir zurück und beobachtet mit langem Gesicht, wie du eine Portion Zwieback aus deinem Rucksack verzehrst. »Kann ich was abhaben?«, fragt er kleinlaut. Seufzend reichst du ihm eine Portion, die er im Handumdrehen hinunterschlingt. Während du noch kaust, durchwühlt dein Vetter auf der Suche nach mehr deinen Rucksack – und findet prompt deine letzte Ration, die er sich ebenfalls einverleibt! (Vermerke in deinem **Abenteuerblatt**, dass du jetzt keinen Zwieback mehr übrig hast.) Du setzt zu einer Schimpftirade an, doch Bolko stapft ungerührt zu Petrok hinüber, borgt sich ein paar Decken und legt sich neben dem Feuer zum Schlafen nieder. Dir bleibt nicht anderes übrig, als es deinem Vetter gleichzutun. Weiter bei **231**.

196 Mal-Swoob stutzt kurz. Dann ertönt aus dem Bereich seiner knöchernen Brust ein leises Glucksen, und er setzt seinen dritten Kiesel:

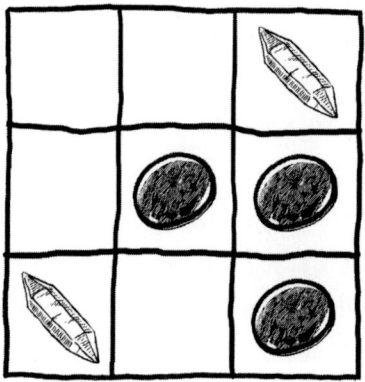

Während du nach dem nächsten Kristall greifst, erkennst du mit einem Schaudern, dass du in einer Zwickmühle sitzt! Weiter bei **133**.

197 Ihr seid noch nicht lange auf der Großen Allee unterwegs, da wird die Landschaft ringsum braun und karg. Ein Blick auf Marlaras Karte verrät dir, dass ihr die Steppenlande erreicht habt, einen weitläufigen, dünn besiedelten Landstrich. Während ihr marschiert, findest du Gelegenheit, dich ein wenig mit Kjara zu unterhalten. Du erfährst, dass sie aus einer adeligen Alvenfamilie stammt, die weitläufig mit Königin Alvina verwandt ist. Sie erzählt dir, dass die Alven unbeschreibliche Angst vor einem Angriff Gorlashs haben, denn der dunkle Herrscher hasst alle Wesen des Lichts vom Grund seiner schwarzen Seele. Sollte er das Land erobern, müssten die Alven nicht bloß Versklavung fürchten wie die anderen Völker, sondern ihre völlige Auslöschung. Auf die berühmte Alvenmagie angesprochen, führt Kjara dir freudig ein paar kleine Kunststücke vor: Sie lässt Gegenstände in der Luft schweben, bringt Vögel dazu, tschilpend auf deiner Schulter zu landen, und verwandelt einen Busch in ein täuschend echt wirkendes Abbild eines Säbelzahnwolfs. Bei jedem dieser Zauber entstehen kleine Wolken schillernden Nebels, der einen ganz besonderen Duft verströmt …

»Hmmm, *Marzipan!*« Bolko leckt sich die Lippen. »Wo hast du das Zeug versteckt, hä? Sag schon!«

Kjara schwebt vorsichtshalber etwas höher in die Luft, um aus der Reichweite deines Vetters zu kommen. »Ich habe kein Marzipan. So riecht es eben, wenn Alven Magie wirken«, erklärt sie knapp. »Kein Grund, mich anzustarren, als sei ich ein Stück Preiselbeertorte mit Schlagsahne.«

»Ach! Ich wünschte, du wärst genau das …« Mit einem Seufzer fällt Bolko wieder hinter euch zurück. Weiter bei **119**.

198 Rechter Hand tut sich eine Abzweigung auf. Niemand scheint von dort in eure Richtung zu kommen. Möchtest du abbiegen (**249**) oder geradeaus weiterlaufen (**70**)?

199 Mit Riesenschritten stapft Bolko los. Du folgst ihm dicht auf den Fersen. Als ihr die Mitte der Brücke erreicht, ertönt unter euch plötzlich ein erbärmliches Knirschen. Voller Entsetzen spürst du, wie sich die Holzbohlen unter deinen Füßen zu bewegen beginnen! Quiekend hechtet Bolko vorwärts, um sich in Sicherheit zu bringen – wodurch die ganze Konstruktion unglücklicherweise noch stärker in Schwingung gerät. Schon gibt die erste Planke unter deinen Füßen nach. Du stürzt wie ein Stein in die eisigen Fluten des Fusselik hinab. Wild mit den Armen rudernd versuchst du, dich an der Wasseroberfläche zu halten, doch jetzt machen sich die Entbehrungen der vergangenen Tage bemerkbar: Deine Kräfte erlahmen rasch, die Strömung reißt dich mit sich. Kälte schlägt über dir zusammen. Verzweifelt schnappst du nach Luft – und spürst, wie eisiges Wasser in deine Lungen dringt. Dein letzter Gedanke gilt Bolko und Kjara: Werden sie es ohne dich schaffen, den Zauberstab Zardrus zu vereinen und Konduula zu retten? Du wirst es nie erfahren.

200
»In welchem Ton wagst du, mit den Herren der Steppe zu reden?«, schnaubt der Bullenmann und verengt die Augen. Sein gehörnter Kopf ruckt nach vorne, und aus seinem Mund dringt ein blökender Laut, der klingt wie »STAMPEEEEEDE!«

Der Boden bebt, als sich die Herde in Bewegung setzt. Spitze Hörner rammen euch auf den staubigen Steppenboden, harte Hufe trampeln über eure zusammengekrümmten Körper hinweg. Wenig später ist euer Leid vorüber. Nur für Konduula sieht es jetzt finster aus.

201 Eine gute Meile vom Drachenhort entfernt haltet ihr an, um ein Lager für die Nacht aufzuschlagen und das weitere Vorgehen zu besprechen. Während Bolko zum Ufer eines kristallklaren Flusses rennt, der ganz in der Nähe vorbeigluckert, widmest du dich mit Kjara der Karte. »Ich sehe zwei Möglichkeiten, das Schlammhügelland zu erreichen«, erklärt die Alve. »Entweder zu Fuß, indem wir zuerst nach Osten, durch die kargen Steppenlande, und dann weiter nach Süden marschieren. Oder wir bauen uns ein Floß und fahren damit den Fusselik hinunter, in dem dein Cousin gerade seine Füße badet. Was meinst du?«

Erscheint dir die Route über Land angenehmer, geht es weiter bei **145**. Ziehst du die Fahrt auf dem Fluss vor, bei **132**.

202 Kopfschüttelnd kehrst du in eure Kabine zurück. Das wäre ja noch schöner, einem Fremden etwas von deinen hart erkämpften Besitztümern abzugeben! Du rollst Bolko in dem schmalen Bett, das ihr euch teilen müsst, auf die Seite und tankst ebenfalls etwas Schlaf.

Als du am Abend deinen Rucksack zur Hand nimmst, um die Karte des Labyrinths darin zu verstauen, fällt dir auf, dass er bedeutend leichter ist, als er sein sollte. Mit einem unguten Gefühl schnürst du ihn auf – und erschrickst: Alles, was sich am Morgen noch darin befunden hat, ist verschwunden! (Streiche *sämtliche* bisher gefundenen Gegenstände, mit Ausnahme der Karte des Labyrinths, von deinem **Abenteuerblatt**.) Dafür gibt es nur eine Erklärung: Diavlik muss dich, während du seine Karte studiert hast, bestohlen haben.

In Begleitung von Kjara, Bolko und Kapitän Olver eilst du wutschnaubend zur Kabine des kleinen Mannes. Als ihr sie aufreißt, bietet sich euch ein überraschender Anblick: Am geöffneten Fenster der Kammer hockt eine kleine, gehörnte Gestalt mit knallroter Haut, ledrigen Schwingen und einem gepfeilten Schwanz. Starr vor Schreck seht ihr zu, wie sich die Kreatur einen prall gefüllten Sack über die Schulter wirft und unter hämischem Kichern aus dem Fenster springt. Mit geschmeidigen Flügelschlägen gleitet sie über das Wasser davon.

»Was … was war das?«, hauchst du nach einer Schrecksekunde. »Und wo ist Diavlik?«

»Das *war* Diavlik«, erwidert Kjara ärgerlich. »Ein Teufling! Eine Kreatur der Unterwelt, die menschliche Gestalt angenommen hat, um böse Streiche zu spielen und sich am Unglück seiner Opfer zu weiden. Zu dumm, dass ich seine Tarnung nicht früher durchschaut habe. So prall gefüllt, wie sein Beutel war, hat er offenbar auch die anderen Passagiere ausgenommen.«

Kjaras Verdacht bestätigt sich. Auch euren drei Mitreisenden sind sämtliche Wertsachen und Besitztümer entwendet worden. Wütend verflucht ihr beim Abendessen den heimtückischen Teufling. Weiter bei **99**.

203 Mit angehaltenem Atem gelingt es euch, zur Straße zu schleichen, ohne dass die Wölfe euch bemerken. Du gibst Bolko lautlos ein Zeichen, und hintereinander klettert ihr auf den erstbesten Baum am Straßenrand. Jetzt erst fällt den Wölfen euer Verschwinden auf, und sie kommen heulend herbeigesprungen. Doch ihr seid bereits so weit oben, dass sie euch nichts anhaben können. In einer kräftigen Astgabel harrt ihr aus, bis der rosige Schein der Morgendämmerung am Horizont aufzieht. Knurrend lassen die Wölfe von eurem Baum ab und machen sich auf den Rückweg in den Wald von Kwalm. Ihr wartet, bis die Sonne hoch und strahlend am Himmel steht, dann klettert ihr hinab und packt eure

Sachen zusammen. Die Wölfe haben alles aufgefressen, was von euren Vorräten noch übrig war (streiche sämtliche Zwiebackrationen von deinem **Abenteuerblatt**), aber das ist euch egal. Froh, mit dem Leben davongekommen zu sein, folgt ihr der Großen Allee nach **72**.

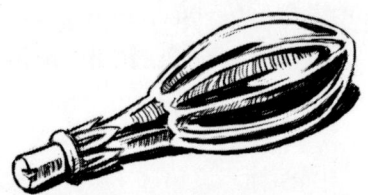

204 Vorsichtig folgt ihr der schmalen Gasse zwischen schiefen Häuserfronten hindurch, hinein in das gräuliche Zwielicht. Wo der Nebel von euren Schritten aufgewirbelt wird, türmt er sich zu immer neuen, fantastischen Formen auf. Die Gasse indes wird zunehmend enger. Bald müsst ihr hintereinander gehen, um nicht an den bröckeligen Fassaden entlangzuschrammen. »Schau dir an, wie gammelig alles ist«, verkündet Bolko mit gerümpfter Nase. »Die Wände der Häuser sind weich wie Lebkuchen.« Er bricht im Vorbeigehen ein Stückchen Holz aus einem alten Stützbalken und seufzt. »Verflixt, ich wünschte, es *wäre* Lebkuchen!«

Ein paar Meter weiter gelangt ihr an eine Abzweigung auf der rechten Seite. Die neue Straße ist breiter und führt leicht bergauf. Du erwägst, diesen neuen Weg einzuschlagen – vielleicht ist der Nebel in den höher gelegenen Regionen der Stadt ja weniger dicht? In diesem Moment vernimmst du Geräusche aus der geradeaus führenden Gasse: ein verstohlenes Trippeln, gefolgt von einem kehligen Fauchen. Bolko verzieht das Gesicht. »Igitt, Ratten! Das hätte ich mir denken können, dass die in so einem schäbigen Kaff nicht weit sind.«

Deiner Ansicht nach war der Laut zu dumpf und zu laut für eine Ratte, aber du willst darüber jetzt nicht diskutieren. Rasch überlegst du, ob ihr nach rechts, in die bergauf führende Straße abbiegen sollt (weiter bei **135**) oder besser weiter geradeaus geht (**107**). Verfügst du über das Talent TIERSPRACHE, lies weiter bei **5**.

205 Eine mächtige Matschwelle entsteht, als Bolko auf dem Boden aufschlägt – und wie von Zauberhand gelenkt schwappt sie genau in Richtung des Basilisken! Schlagartig ist er von Neuem mit einer dicken Schlammschicht überzogen. Bevor sich das Ungetüm säubern kann, hast du Bolko aufgeholfen, und ihr bringt euch zwischen den umliegenden Hügeln in Sicherheit. Als ihr sicher seid, dass der Basilisk euch nicht verfolgt, verlangsamt ihr euer Tempo, um zu beratschlagen. Weiter bei **56**.

206 Staunend irrt ihr zwischen den himmelhohen Steinsäulen umher. Es sind so viele, dass es euch schwerfällt, euch zu orientieren. *Fliegen müsste man können,* denkst du – da bemerkst du hoch über eu-

ren Köpfen mehrere große Schemen am Himmel. Ohne Vorwarnung stößt ein halbes Dutzend geflügelter Geschöpfe auf euch herab, stahlharte Klauen packen euch unter den Achseln, und ihr fühlt euch ruckartig in die Höhe gerissen. »Heeee! Wo wollt ihr mit uns hin?«, brüllt Bolko mit sich überschlagender Stimme. Doch er erhält keine Antwort. Während ihr höher und höher steigt, nimmst du eure Entführer genauer in Augenschein. Auf den ersten Blick wirken sie wie große Männer, jedoch sind sie von Kopf bis Fuß in ein fliederfarbenes Federkleid gehüllt. In ihrem Gesicht, wo Nase und Mund sitzen sollten, prangen gebogene Schnäbel, aus ihrem Rücken wachsen gewaltige Schwingen.

»Ich glaub, mir wird schlecht …«, wimmert Bolko ganz in deiner Nähe.

Auch dir ist nicht wohl dabei, dass die Vogelwesen euch immer höher in die Lüfte tragen. Was haben sie mit euch vor? Du überlegst, ob du einen Versuch unternehmen sollst, dich aus der Umklammerung zu befreien (weiter bei **158**). Oder wartest du lieber ab, was geschieht (**44**)?

207 Überraschenderweise gehorcht Bolko ohne Widerrede und verlässt die Hütte. Nun kannst du dich der Truhe widmen. Wie du feststellst, ist sie mindestens so alt wie das Gebäude selbst. Ihre kunstvoll verzierten Beschläge sind völlig verrostet, ebenso das Schloss. Ohne Probleme kannst du den morschen Deckel anheben. Auf dem Boden der Truhe liegt inmitten vermoderter Pergamente eine Halskette aus massiven Stahlgliedern. Ein hühnereigroßes steinernes Amulett ist daran befestigt, in dessen Vorderseite eine sonderbare Rune eingemeißelt ist. Als du sie betrachtest, kriecht dir instinktiv eine Gänsehaut über den Rücken. Dies muss ein magisches Schriftzeichen von großer Macht sein! Vorsichtig verstaust du deinen Fund in deinem Rucksack (vermerke ihn auf deinem **Abenteuerblatt**). Verfügst du über das Talent SCHRIFTENKUNDE, kannst du jederzeit zu **92** blättern, um mehr über die sonderbare Rune zu erfahren. *Merk dir in diesem Fall den Abschnitt, von dem du gerade kommst, damit du anschließend dorthin zurückkehren kannst.*

Plötzlich ertönt draußen vor der Hütte ein quiekender Schrei. Bolko! Du eilst hinaus – und glaubst, deinen Augen nicht zu trauen: Dein Vetter steht mit ängstlich aufgerissenen Augen in der Mitte der Lichtung, umgeben von einem Dutzend der mannsgroßen, pilzartigen Gewächse. Die Pflanzen haben ihr Wurzelgeflecht aus dem Boden gezogen und laufen darauf wie auf Beinen. Als du genauer hinsiehst, erkennst du, dass am Stamm eines der Wesen ein halbrundes Stück fehlt, ziemlich genau in Form eines menschlichen Gebisses.

»Iff hatte ffolchen Hunger«, erklärt Bolko entschuldigend, Pilzkrümel in den Mundwinkeln. Hastig rennst du zu ihm hin und überblickst die Lage: Die wütenden Pilzkreaturen versuchen, euch einzukreisen! **Befrag das Schicksal:** Erhältst du ᚤ, ᛈ, ᛜ oder ᛏ, weiter bei **141**, ist das Ergebnis eine andere Rune, bei **228**.

208 Verwirrt, aber unverletzt findet ihr euch in einem dunklen Seitengang wieder – und rennt sogleich weiter. Ihr stolpert auf einen breiten, quer verlaufenden Korridor hinaus. Aus dem Augenwinkel siehst du von links drei eurer Verfolger nahen, daher wendest du dich ohne zu zögern nach rechts. Weiter bei **198**.

209 »Oh nein! Die Totenruhe ist doch heilig«, unkt Bolko, aber du beachtest ihn nicht weiter. Mit spitzen Fingern durchstöberst du die Überreste des Rucksacks und bist überrascht, wie gut der Inhalt erhalten ist. Du findest einen leeren Trinkschlauch, einen zerbrochenen Kamm aus Elfenbein und ein zerfleddertes Büchlein, in dem lange Listen mit Preisen und Artikelbeschreibungen festgehalten sind. Offenbar war der bemitleidenswerte Tote ein fahrender Händler. Zu guter

Letzt kommt dir ein kleines Röllchen Pergament in die Finger, das du auseinanderfaltest. Darauf steht:

Händerlosungen:
- *Balthasaz: Krakuzz*
- *Slengg: Bublatt*
- *Sloggart: Nebeis*

Zwar weißt du nicht, inwiefern dir diese Informationen noch von Nutzen sein können, doch du steckst das Pergament ein (vermerke seinen Text auf deinem **Abenteuerblatt**). Der Trinkschlauch ist undicht, der Kamm zerbrochen, daher lässt du beides mitsamt dem Büchlein zurück. Weiter bei **67**.

210 Hinter dem Durchgang führt eine steile Treppe in die Tiefe, von wo flackernder Fackelschein heraufdringt. Vorsichtig setzt du einen Fuß vor den anderen, wobei du höllisch achtgeben musst, auf den glatten, ausgetretenen Stufen nicht auszurutschen. Die Luft riecht abgestanden und muffig. Nach etwa einem Dutzend Stufen erreicht ihr einen Treppenabsatz. An der Wand ist eine beinahe heruntergebrannte Fackel befestigt. Ihr Licht erhellt eine niedrige hölzerne Tür in der rechten Wand. Möchtest du sie öffnen, weiter bei **79**. Nimmst du stattdessen lieber die Fackel an dich und steigst weiter die Treppe hinab, weiter bei **157**.

211

Einige Zeit später kommt vor euch ein blaues Band in Sicht, das sich als breiter, schnell dahinfließender Strom herausstellt. Eine bogenförmige graue Steinbrücke führt über das Wasser, wo sich die Straße in südwestliche Richtung weiterschlängelt. »Der Fusselik«, stellt Kjara fest. »Nicht weit von hier liegt Port Empeg, eine kleine Hafenstadt. Was haltet ihr davon, wenn wir ...«

»Eine Stadt? Mit Gasthäusern, warmen Mahlzeiten und Federbetten?« Schlagartig ist Bolko, eben noch fußlahm wie eine Schildkröte, wieder frisch und munter. Ohne ein weiteres Wort verlässt er die Straße und marschiert kurzerhand am Flussufer entlang nach Osten. Da auch du nichts gegen einen kurzen Zwischenstopp in Port Empeg einzuwenden hättest, ist die Entscheidung damit gefallen. Wenig später taucht vor euch eine kleine, gut befestigte Stadt mit zahlreichen Wehrtürmen auf, die in einer Schlaufe des Flusses liegt. Durch das Stadttor tretet ihr ein und gelangt bald zu den Hafenanlagen im Stadtzentrum, wo es vor Aktivität nur so brodelt. Weiter bei **19**.

212 Der Dämon lässt sich nicht lange Zeit, deine Reaktion zu bedenken. Mit einer ruckartigen Bewegung seiner Klauenhand setzt er seinen zweiten Kiesel:

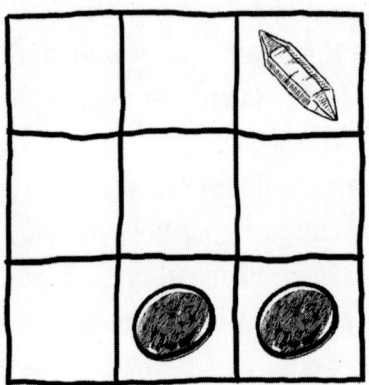

Damit steht dein nächster Zug fest: Du musst einen Kristall unten links platzieren, um zu verhindern, dass dein Gegner eine Dreierreihe schließen kann. Weiter bei **164**.

213 Dankend nimmst du die Karte von Diavlik entgegen. Du rollst sie auseinander und siehst, dass sie mit einem kompliziert verästelten Netz von Gängen und Stollen bemalt ist. Statt einer Überschrift ist ganz oben ein kunstvoller Eiskristall mit sechs sich verästelnden Armen eingezeichnet. Nachdem du die Karte eine Weile betrachtet hast, steckst du sie in die Brusttasche deines Wamses. (Vermerke die Karte sowie das genaue Aussehen des Eiskristalls auf deinem **Abenteuerblatt**.) Du unterhältst dich noch ein wenig mit Diavlik, der mit einem Mal eigenartig heiter wirkt, dann verlässt du den Aufenthaltsraum. Auf dem Flur begegnet dir Kjara, der du von dem freundlichen Mitreisenden erzählst.

»Dieser Diavlik muss ein netter Bursche sein, wenn er dir so mir nichts, dir nichts etwas derart Nützliches schenkt«, erwidert Kjara. »Willst du ihm nicht im Gegenzug auch etwas überlassen, um dich erkenntlich zu zeigen?«

Auf diese Idee bist du gar nicht gekommen. Willst du in deinem Rucksack nachsehen, was du Diavlik vermachen könntest (weiter bei **36**), oder lehnst du Kjaras Vorschlag ab und begibst dich lieber in eure Kabine, um etwas auszuruhen (**202**)?

214 Die braune Flüssigkeit schmeckt so ekelhaft, dass du an dich halten musst, sie nicht in hohem Bogen wieder auszuspucken. Doch du überwindest dich und schluckst das Gebräu tapfer hinunter. Nichts geschieht.

Was du nicht weißt, aber tragischerweise schon bald schon zu spüren bekommst: Du hast soeben einen magischen Trank der Tumbheit getrunken. Dieses verfluchte Elixier sorgt dafür, dass du dich in bestimmten Situationen unbedachter und plumper anstellst als gewöhnlich. Hiervon ist unter anderem dein Talent betroffen: Solange der Trank der Tumbheit wirkt, *besitzt du keine besondere Fähigkeit mehr.* Das bedeutet, du darfst die zu Anfang deines Abenteuers gewählte Spezialfähigkeit nicht mehr benutzen, falls du danach gefragt wirst. (Mach dir einen diesbezüglichen Vermerk auf deinem **Abenteuerblatt**.) Die Wirkung des Tranks hält an, bis sie durch eine entsprechende Medizin neutralisiert wird.

Noch nicht ahnend, welchen Fehler du gerade begangen hast, verlässt du die Folterkammer und folgst, die Fackel in der Faust, Seite an Seite mit Bolko der Treppe nach **157**.

215 Kaum hast du die lodernde Feuerwand bemerkt, liegst du bereits flach auf dem Boden und presst zitternd das Gesicht gegen den kühlen Fels. Die rote Flammenkugel schießt über dich hinweg, ohne dir mehr zu versengen als ein paar Nackenhärchen.

Kaum ist die Gefahr vorüber, hebst du den Blick, um zu sehen, wie es deinen Begleitern ergangen ist.

Wie durch ein Wunder hat es auch Bolko geschafft, sich rechtzeitig hinzuwerfen – wenngleich du den Verdacht nicht loswirst, dass er einen Moment zuvor ohnehin gestolpert ist. Kjara war flink genug, hinter seinem dickem Körper Schutz vor der Feuerwalze zu suchen, sie ist ebenfalls unverletzt. Erleichtert klopfst du eine schwelende Stelle an deinem Rucksack aus, dann macht ihr euch wieder an den Abstieg. Die nächste halbe Stunde bleibt ihr unbehelligt von weiteren Zwischenfällen. Schließlich weitet sich der Stollen zu einer riesigen Höhle. Weiter bei **226**.

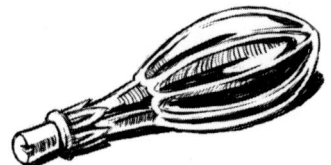

216 Ihr verbringt die Nacht in einer kleinen Pension, wofür Kjara mit Kupferkronen aus Alvona aufkommt. Früh am nächsten Morgen besteigt ihr ein altes, nicht gerade vertrauenswürdig aussehendes Fährboot, das von einem winzigen, muskelbepackten Männlein betrieben wird. Kjara einigt sich mit ihm auf einen Preis für die Überfahrt, und schon geht es los. An einem Seil, das vom Hafenkai quer über den Fluss gespannt ist, zerrt das Männlein den Kahn stöhnend und fluchend auf die andere Seite hinüber. Kaum hat er angelegt, springt ihr erleichtert von Bord und macht euch in südlicher Richtung auf den Weg. Bereits wenig später beginnt sich die Landschaft um euch herum zu verändern. Wiesen, Büsche und Bäume verschwinden, dafür weicht der Boden mehr und mehr auf. Nach einer Weile seid ihr umgeben von schlammigem Morast. Jeder eurer Schritte verursacht ekelhafte Schmatzlaute, und es kostet viel Kraft, die Füße immer wieder aus dem zähen Schlamm zu ziehen. »Im Schlammhügelland ist es immer feucht und matschig, obwohl es niemals regnet«, erklärt Kjara, sichtlich froh, dass sie über den allgegenwärtigen Schmodder hinwegfliegen kann. »Auch, woher all diese Hügel kommen, weiß niemand.«

Tatsächlich ist das Gelände nicht flach, sondern überzogen von unzähligen formlosen Erhebungen, braunen Hügeln, die von Weitem aussehen, als bestünden sie aus geschmolzenem Wachs. Nach einer Weile erreicht ihr einen besonders großen dieser Matschhaufen. In der euch zugewandten Seite klafft ein Riss, breit genug für einen Erwachsenen, dahinter führt ein schmaler Gang in die Finsternis. Vor der Öffnung ragen mehrere schiefe, offenbar aus Stein bestehende Gebilde aus dem Morast empor. Zuerst denkst du, ihr hättet einen uralten Friedhof vor euch. Dann wird dir klar, dass es sich nicht um Grabsteine handelt, sondern um Stauen, die halb versunken im Schlamm stecken, steinerne Abbilder von Menschen, die allesamt in seltsamen Posen verewigt wurden.

»Schaut euch das an«, sagt Kjara leise und schwebt über eine der Skulpturen. »Das Gesicht dieser Heldin … es drückt höchstes Entsetzen aus!«

»Scheußlich«, bestätigt Bolko und betrachtet die Statue eines Mannes, den man rennend, offenbar in panischer Flucht, dargestellt hat. »Wer macht sich bloß die Arbeit und meißelt so was? Das ist doch nicht schön.«

Ein unbestimmtes Gefühl legt dir nahe, dass es mit diesen Steinfiguren irgendeine Bewandtnis haben muss. Deine Gedanken werden jäh unterbrochen, als vor euch Bewegung im Matsch entsteht. Zwischen euch und dem Höhleneingang windet sich ein schlangenartiges Tier aus dem Schlamm hervor. Offenbar hat es unter der Dreckschicht geschlafen und ist von euren Stimmen geweckt worden. Möchtest du dir dieses Lebewesen genauer ansehen (weiter bei **235**), oder läufst du lieber rasch an ihm vorbei, um die Öffnung im Hügel zu untersuchen (**96**)?

217 Als du den Torwächtern mit einem aufmunternden Lächeln die Schnürsenkel hinhältst, reißen sie sie dir gierig aus der Hand. »Neue Schnürriemen – endlich!«, freut sich Warzennase und beginnt, seine Beute auseinanderzuwickeln.

»Seit der Zuteilung der neuen Uniformen vor zehn Jahren haben wir keine mehr bekommen«, fügt Narbengesicht begeistert hinzu.

Du schaust zu Boden und stellst fest, dass die eisenbeschlagenen Stiefel der Torwächter nur noch von zerfledderten, schlecht geknoteten Kordeln zusammengehalten werden. Plötzlich entbrennt vor dir ein lautes Wortgefecht. Den beiden unerfreulichen Burschen ist klar geworden, dass es für jeden von ihnen nur *einen* Schnürsenkel gibt. Erregt streiten sie darüber, wem der zweite zusteht. Du nutzt die Chance und schiebst Bolko unbemerkt an den Streithähnen vorbei und die schmale Gasse entlang, die auf der anderen Seite des Tors in den Nebel führt. Weiter bei **146**.

218 Mit einem Quietschen, das dir das Blut in den Adern gefrieren lässt, schwingen die Türflügel beiseite und geben den Blick frei auf einen von diesigem Mondlicht erhellten, länglichen Raum. Es scheint sich um eine Art Küche zu handeln, an den Wänden stehen klobige Kohleöfen, von der Decke baumeln Töpfe und Pfannen. Auf langen Regalen stapelt sich uraltes, dick mit Staub verkrustetes Geschirr. Sofort eilt Bolko zu einigen großen Schränken, in denen er Vorratsmagazine zu erkennen glaubt. Als er gierig die erste Tür aufreißt, zeigt sich, dass er recht hat – und dennoch Pech: Alles, was einst im Innern aufbewahrt wurde, ist schon vor vielen Jahren verdorben oder zu Staub zerbröselt. Das einzige, was noch ansatzweise zu erkennen ist, sind ein paar Tiegel mit Gewürzen sowie ein Bund vertrockneter Knoblauchknollen. Den Knoblauch kannst du einstecken, wenn du willst. (Vermerke ihn in diesem Fall auf deinem **Abenteuerblatt**.) Während Bolko missgelaunt weitere Schranktüren und Schubladen aufzieht, fällt dir eine kleine Schwingtür am anderen Ende des Raums auf. Möchtest du sie öffnen, um zu sehen, was dahinter ist (weiter bei **232**), oder verlässt du die Küche auf demselben Weg, auf dem ihr gekommen seid (**149**)?

219 Die Gasse verbreitert sich, die Häuser werden größer und prunkvoller. Nach einer Weile kommt geradeaus ein reich geschmücktes Fachwerkhaus in Sicht, an dessen Front ein rundes, irgendwie technisch anmutendes Gebilde montiert ist. Möglicherweise handelt es sich um eine Art Sonnenuhr, wenngleich du bezweifelst, dass sich in die Straßen von Sloggart je ein Sonnenstrahl verirrt. Da keine der zahlreichen nebelverhangenen Abzweigungen beiderseits der Straße sonderlich einladend aussehen, beschließt ihr, euch das Gebäude genauer anzusehen.

Als ihr euch nähert, seht ihr, wie sich eine Tür auf der Vorderseite öffnet. Ein breitschultriger Mann erscheint im hellen Rechteck des Türrahmens und verabschiedet sich von jemandem, der unsichtbar im Innern des Hauses bleibt. Dann schließt sich die Tür, und der Mann eilt beschwingt die Straße entlang – genau auf euch zu. Dabei nestelt er etwas aus seiner Manteltasche und beginnt, es an seinem Kopf zu befestigen. Der Fremde ist so beschäftigt damit, dass er Bolko und dich erst bemerkt, als er direkt vor euch steht. Er hat ein breites, freundliches Gesicht, blondes, halblanges Haar und macht trotz seiner massigen Statur keinen bedrohlichen Eindruck. Vielmehr lächelt er glücklich, wie jemand, der soeben von einem gewaltigen Erbe oder einem Lotteriegewinn erfahren hat.

»Warum so fröhlich, Bruder?«, erkundigt sich Bolko. »Habt Ihr einen fünfblättrigen Drachenlattich gefunden?«

Das Lächeln des Mannes verbreitert sich. »Viel besser«, erklärt er und zieht das Lederband um seine Stirn fest.

Daran befestigt ist ein grüner Stein, der leuchtet wie eine Grubenlampe. »Ich hatte einen Termin beim größten Gelehrten unserer Stadt. Er hat mir erklärt, wie ich aus meinem unglücklichen Arbeitsverhältnis als Bergmann scheiden kann, ohne wegen Vertragsbrüchigkeit bestraft zu werden.« Er deutet auf den Leuchtstein, der sein Gesicht mit geisterhaftem Grün überzieht. »Ich fördere Glimmerit im Berg Brezniak, nicht weit von hier. Eine menschenunwürdige Schufterei, viele hundert Fuß tief im Fels. Der Minenbetreiber, ein herzloser Zwerg namens Klompus, zwingt seinen Arbeitern brutale Verträge auf, die sie nicht mehr kündigen können – andernfalls geht ihr gesamtes Hab und Gut in Klompus' Besitz über.« Der Mann lacht erleichtert, bevor er weiterspricht. »Aber den Göttern sei Dank! Der weise Mansinius wusste einen juristischen Winkelzug, mit dem ich die Vereinbarung außer Kraft setzen und sogar eine Abfindung erwirken kann. Der alte Klompus wird kochen vor Wut.« Strahlend verabschiedet er sich und setzt seinen Weg fort.

»Hast du gehört?«, fragst du Bolko. »Der weise Mansinius wohnt gleich hier, in diesem Haus.«

»Hä?« Bolko schaut sich suchend um. »Mein Magen knurrt so laut, ich hab nichts mitbekommen.«

Kopfschüttelnd gehst du auf die Tür des großen Hauses zu. Weiter bei **120**.

220 Am frühen Nachmittag kommt vor euch eine steinerne Brücke in Sicht, die über einen schmalen, müde plätschernden Wasserlauf führt. Aus Marlaras Karte schließt du, dass es sich um ein Flüsschen namens Armm handelt. Es entspringt einige Meilen östlich von hier, in einem Feld himmelhoch aufragender Felsnadeln, die »Finger von Brekkh« genannt werden. Möchtest du die Straße verlassen und dem Verlauf des Flusses zu diesem Ort folgen, weiter bei **69**. Wenn du dagegen die steinerne Brücke überqueren und weiter nach Süden gehen willst, weiter bei **234**.

221 Bevor du etwas unternehmen kannst, hat die Eisschlange euch erreicht. Du riechst ihren fauligen Raubtieratem, siehst die speichelnassen Hauer, als sie ihr riesiges Maul aufreißt und dann … nichts mehr. Dein Ende ereilt dich schnell und fast schmerzlos. Deiner Heimat dagegen steht in Kürze ein bedeutend weniger gnädiges Ende bevor.

222 Ihr schlagt den Weg nach Westen ein, und schon nach kurzer Zeit kommt rechts des Pfads eine riesige, blau glitzernde Wasserfläche in Sicht: der Tloho-See, das größte Binnengewässer Konduulas. Mehrere Stunden lang wandert ihr an seinem Ufer entlang. Währenddessen findest du Gelegenheit, dich ein wenig mit Kjara zu unterhalten. Du erfährst, dass sie aus einer adeligen Alvenfamilie stammt, die weitläufig mit Königin Alvina verwandt ist. Sie erzählt dir, dass die Alven unbeschreibliche Angst vor einem Angriff Gorlashs haben, denn der dunkle Herrscher hasst alle Wesen des Lichts vom Grund seiner schwarzen Seele. Sollte er das Land erobern, müssten die Alven nicht nur Unterdrückung und Versklavung fürchten wie die anderen Völker, sondern ihre völlige Auslöschung. Auf die berühmte Alvenmagie angesprochen, führt Kjara dir willig ein paar kleine Kunststücke vor. Sie lässt Gegenstände in der Luft schweben, bringt Vögel dazu, tschilpend auf deiner Schulter zu landen, und verwandelt einen Busch in ein täuschend echt wirkendes Abbild eines Säbelzahnwolfs. Bei jedem dieser Zauber entstehen kleine Wolken schillernden Nebels, der einen ganz besonderen Duft verströmt …

»Hmmm, *Marzipan!*« Bolko leckt sich die Lippen. »Wo hast du das Zeug versteckt, hä? Sag schon!«

Kjara schwebt vorsichtshalber etwas höher in die Luft, um aus der Reichweite deines Vetters zu kommen. »Ich habe kein Marzipan. So riecht es eben, wenn Alven Magie wirken«, erklärt sie knapp. »Kein Grund, mich anzustarren, als sei ich ein Stück Preiselbeertorte mit Schlagsahne.«

»Ach! Ich wünschte, du wärst genau das ...« Mit einem Seufzer fällt Bolko wieder ein Stück hinter euch zurück.

Gegen Abend erreicht ihr Alvona, die Stadt der Alven. Sie liegt in einer halbrunden Bucht am Seeufer, aus der ein Meer bunter Lichter in die fortschreitende Dämmerung funkelt. Im Näherkommen stellt ihr fest, dass die Siedlung bedeutend kleiner ist, als es zunächst den Anschein hatte – logisch, schließlich sind die Alven im Durchschnitt kaum größer als eine Hand. Vorsichtig bewegt ihr euch durch die engen Straßen, zwischen Häusern und Türmchen aus buntem Glas und Kristall hindurch, von denen kaum eines höher als bis zu deiner Nasenspitze reicht. Rasch seid ihr eingehüllt in einen wirbelnden Schwarm kichernder und plappernder Alven, die euch zu einem Platz im Zentrum begleiten. Dort erhebt sich das mächtigste Gebäude Alvonas, der königliche Palast. Er ist groß genug, dass Bolko und du gebückt durch das Haupttor und in den Thronsaal treten könnt. Königin Alvina, von vorauseilenden Alven über euer Kommen informiert, begrüßt euch herzlich, hoch erfreut, dass ihr bis hierher vorgedrungen seid. Ausführlich berichtest du ihr von eurer bisherigen Suche. Als du geendet hast, lässt sie einen greisen, männlichen Alv hereinbringen. Er hört auf den Namen Alveric und muss Hunderte von Jahren alt sein. Sein Gesicht ist von Runzeln durchzogen, und von den ehemals glitzernden Flügelchen auf seinem Rücken sind nur noch brüchige Stümpfe übrig. Wie Alvina euch erklärt, hat Alveric auf mentalem Wege Zugang zu den Sphären der Geister, die den Alven, genau wie den Menschen, normalerweise verschlossen sind. Von ihnen habe er etwas über den Aufenthaltsort der Bruchstücke von König Zardrus Stab erfahren.

»Eines der drei Teile befindet sich im Süden des Reiches, in einem Gebiet, das Schlammhügelland genannt wird«, ergreift der Alv mit krächzender Stimme das Wort. »Angeblich haust dort ein Dämon aus den Tiefen der Unterwelt, eine unmenschliche Kreatur namens Mal-Swoob. Sein ganzes Dasein hat er dem Anhäufen von magischen Artefakten verschrieben, und in seiner umfangreichen Sammlung befindet sich auch ein Stück von Zardrus Stab. Mal-Swoob ist überaus mächtig und durch und durch böse. Dennoch hat er eine Schwachstelle: seinen Spieltrieb.« Alveric bricht in ein trockenes Husten aus, und es dauert eine Weile, bis er fortfahren kann. »Der zweite Hinweis, den ich euch geben kann, ist weniger verlässlich. Nicht weit von hier, eine Tagesreise südlich, liegt der Berg Bror. Dort hat sich vor rund zweihundert Jahren ein halbwüchsiger Drache namens Gorgoloss niedergelassen. Wie jeder Drache hortet er für sein Leben gern Schätze. Möglicherweise befindet sich unter seinen Beutestücken ebenfalls ein Teil des Zauberstabs?« Von Neuem schütteln Hustenkrämpfe den ausgemergelten Körper des Alvs, und die Königin winkt ihre Diener herbei, damit sie ihn in sein Quartier zurückbringen.

»Ich hoffe, Alverics Worte waren für euch von Nutzen«, sagt Alvina. Sie klatscht in die Hände, und ein gewaltiges Bankett wird hereingetragen … gewaltig zumindest nach den Maßstäben der Alven. Wie kaum anders zu erwarten, braucht Bolko dennoch nur Minuten, um die zierlichen Teller und Platten bis auf den letzten Krümel zu leeren – ein echtes Wunder, dass er die Tischdecken übrig lässt! Die Nacht dürft ihr im Palast verbringen, dem einzigen Gebäude, das groß genug für euch ist. Früh am nächsten Morgen verabschiedet ihr euch von Königin Alvina und dankt ihr für die wertvolle Hilfe. Umschwirrt von Dutzenden Alven begebt ihr euch zum Stadttor und verlasst Alvona. Nur Kjara bleibt wie versprochen bei euch. »Wohin nun?«, erkundigt sich die kleine Alve neugierig.

Du hast dir überlegt, dass es sinnvoll wäre, zunächst zum nahen Berg Bror zu reisen. Wenn du dies tun möchtest, weiter bei **173**. Bolko hingegen ist dafür, auf die Große Allee zurückzukehren und ihr nach Süden, in Richtung Schlammhügelland zu folgen. Stimmst du ihm zu, weiter bei **37**.

223 Eine Kreuzung tut sich vor euch auf: Linker Hand endet der Gang nach wenigen Schritten an einer Wand aus Eis, von geradeaus siehst du zwei eurer Verfolger auf euch zukommen. Daher entscheidest du dich für rechts. Nach wenigen Schritten weitet sich der Gang abermals zu einer Kreuzung. »Hier sind wir gestartet«, keucht Kjara neben dir. »Geradeaus geht es nur wieder zurück in Richtung Thronsaal, und da wimmelt es bestimmt vor Eis-Elben!«

Wenn die Alve recht hat, könnt ihr hier nur zwischen links (**123**) und rechts (**143**) wählen.

224 Mit abwesender Miene erkundigt sich der Fürst, was ihr in seinem Reich zu suchen habt. Du erklärst ihm, wer ihr seid, und holst gerade Luft, um vom drohenden Angriff Gorlashs und eurer Suche nach den Teilen von Zardrus Zauberstab zu erzählen, da tritt ein hochgewachsener Vogelmensch an des Herrschers Seite und flüstert ihm etwas ins Ohr. Du glaubst, einige Wortfetzen zu verstehen: »Spähtrupp«, »Sohn«, »verletzt« und »Felsbeißer«. Der Fürst springt auf. Er macht eine barsche Geste in Richtung eurer Bewacher und eilt dann hinter dem großen Vogelmensch her aus dem Saal. Bevor ihr etwas einwenden könnt, werdet ihr gepackt und ins Freie gezerrt. Ungeachtet eurer Proteste und Bekundungen, dass es bei eurer Mission um Leben und Tod gehe, heben euch die Vogelmenschen erneut in die Luft. Diesmal allerdings fliegt ihr wesentlich weiter. Erst an einer Stelle, wo die Große Allee das Flüsschen Armm kreuzt, setzen sie euch wieder ab. Fassungslos starrst du den geflügelten Geschöpfen nach, während sie am Horizont verschwinden.

Du hältst es für zu riskant, gegen den Willen der Vogelmenschen erneut in ihr Territorium einzudringen, daher müsst ihr wohl oder übel die Brücke überqueren und eure Suche in südlicher Richtung fortsetzen. Weiter bei **234**.

225 Kaum hast du deinen Kristall gesetzt, grabscht Mal-Swoob sich einen zweiten Kiesel und knallt ihn auf das Spielfeld:

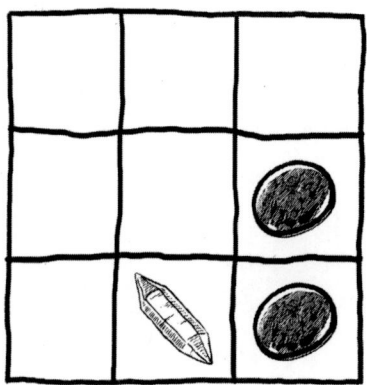

Dein nächster Zug ist nun vorprogrammiert: oben rechts, denn du musst verhindern, dass der Dämon eine Dreierreihe schließt. Weiter bei **18**.

226 Als du den ersten Schritt in den gewaltigen Hohlraum tust, ertönt eine dröhnende Stimme, die von überallher zugleich zu kommen scheint: »Willkommen, Fremdlinge! Habt ihr es endlich bis ganz herunter zu mir geschafft?«

Mit großen Augen siehst du dich um. Ihr befindet euch in einem kathedralenartigen Gewölbe, dessen Wände und Decke aus massivem Fels bestehen. Aus winzigen, röhrenartigen Öffnungen weit über euch dringt ein entfernter Schimmer von Tageslicht herein. Es erhellt einen kolossalen Umriss, der in der Mitte der Höhle hockt, zusammengeringelt auf einem Berg aus glänzendem Metall. Wenn Gorgoloss tatsächlich noch ein Halbwüchsiger ist, möchtest du lieber nie einem voll ausgewachsenen Drachen begegnen. Über und über bedeckt mit orangefarbenen, glänzenden Schuppen, ist die Panzerechse mindestens so groß wie ein Haus! Mächtige Schwingen liegen zusammengefaltet auf seinem breiten Rücken, und als er den Kopf in eure Richtung dreht, kannst du erahnen, dass Gorgoloss von der Schwanzspitze bis zu dem gebogenen Horn, das auf seiner Schnauze prangt, über dreißig Meter messen muss. Träger Dampf steigt aus seinen Nüstern, während er euch aus tellergroßen, schwarzen Augen ruhig mustert.

»Ihr … Ihr wusstet, dass wir kommen?«, fragst du, weil dir nichts Besseres einfällt.

»Ihr wart nicht zu überhören.« Interessiert betrachtet Gorgoloss deinen Vetter von allen Seiten, wobei er sich mit einer gespaltenen Zunge über die Reißzähne leckt. »Nun denn: Bevor ich euch verschlinge, verratet mir doch rasch, welche verzweifelte Not euch hierher, in meine Höhle getrieben hat. Oder seid ihr einfach lebensmüde Narren?«

Du schüttelst den Kopf und berichtest dem Drachen stockend von eurer Mission und dem bevorstehenden Angriff Gorlashs auf Konduula. Als du fertig bist, wiegt Gorgoloss seinen schweren Schädel von einer Seite zur anderen. »Uns Drachen ist es egal, wer über ein Land herrscht«, erklärt er. »Wir fressen, wen wir wollen, und rauben, was wir kriegen, egal, wer gerade an der Macht ist.« Er reckt seinen gewaltigen Leib. »Dennoch imponiert mir eure Tapferkeit. Ich will großzügig sein und euch eine faire Chance lassen. *Vielleicht* besitze ich eines der Zauberstabstücke, die ihr sucht.« Ein Grinsen scheint die Mundwinkel seines riesigen Mauls nach oben zu ziehen. »Vielleicht auch nicht. Das werdet ihr nur erfahren, wenn es euch gelingt, mich in einer uralten und heiligen Disziplin zu schlagen: dem Rätselspiel.« Als er deine verwirrte Miene bemerkt, fügt er hinzu: »Ich stelle euch eine Rätselfrage. Beantwortet ihr sie, werde ich euch nicht fressen. Dann seid ihr an der Reihe, eine Frage an mich zu richten. Bin ich nicht in der Lage, sie zu beantworten, sage ich euch, was ich über Zardrus Stab weiß. Abgemacht?« Seine gehörnte Schnauze kommt näher, bis sie direkt vor dir schwebt. Du spürst die Hitze, die sein gigantischer Körper verströmt.

»Der frisst uns doch so oder so«, wimmert Bolko.

»Das Rätselspiel ist heilig«, vernimmst du Kjaras Stimme dicht an deinem Ohr. »Wenn Gorgoloss sagt, er lässt uns leben, wenn wir siegen, muss er sich daran halten.«

Die Entscheidung liegt bei dir. Stimmst du zu, gegen den Drachen im Rätselraten anzutreten (weiter bei **153**)? Oder lehnst du ab und versuchst, zum Ausgang der Höhle zu entkommen (**170**)?

227 »Da ihr noch nicht das Vergnügen hattet, meine Bekanntschaft zu machen, darf ich mich kurz vorstellen«, knurrt der Mann mit der Augenklappe übertrieben höflich. »Ich bin Brancus'Kym, der berüchtigtste Räuberhauptmann dieser Gefilde. Tja, und ihr seid in mein Territorium eingedrungen.« Brancus'Kym betrachtet betont unbeteiligt seine schmutzigen Fingernägel. »Eigentlich müsste ich euch allein für diese Unverschämtheit augenblicklich die Kehle durchschneiden. Aber ich habe heute meinen gütigen Tag. Ihr sollt euer Leben behalten … sofern ihr mir alles gebt, was ihr besitzt!« Der Räuberhauptmann grinst breit und entblößt gelbe, teilweise abgebrochene Zähne. »Nun?«

Deine Gedanken rasen. Was sollst du tun? Händigst du dem Gesetzlosen all deine Habseligkeiten aus (weiter bei **10**)? Oder vertraust du darauf, dass der Räuberhauptmann gar nicht so ein harter Kerl ist, wie er vorgibt? In diesem Fall könntest du ihm befehlen, euch augenblicklich loszulassen (**77**). Verfügst du über das Talent VORAHNUNG, weiter bei **244**.

228 Ihr nehmt die Beine in die Hand und rennt auf den nach Süden führenden Pfad zu. Sekundenbruchteile, bevor sich die Mauer grüner Pilzkörper vor euch schließt, flitzt ihr zwischen ihnen hindurch und den von Schlingpflanzen überwucherten Pfad entlang. Ihr rennt, bis ihr am Ende eurer Kräfte auf dem Waldboden zusammenbrecht. Ängstlich lauschst du in das Dickicht ringsum. Nichts! Die Pilzwesen scheinen euch nicht zu verfolgen.

»Nächstes Mal überleg dir bitte zweimal, was du in diesem Wald anknabberst«, befiehlst du Bolko. Als ihr euch schwankend erhebt, um weiterzumarschieren, stellst du fest, dass sich auf eurer hektischen Flucht dein Rucksack geöffnet haben muss. Du hast *sämtliche* Gegenstände verloren, die sich darin befunden haben! (Streiche alles, was du bisher gefunden hast, sowie sämtlichen Zwieback, den du möglicherweise noch hattest, von deinem **Abenteuerblatt**.) Wütend schulterst du den Rucksack und folgst dem Pfad nach **67**.

229 Sprachlos starrt der Dämon dich an, während Flammen um seinen Knochenschädel zucken. Kurz fürchtest du, Mal-Swoob könnte sich einfach auf euch stürzen und euch mit seiner Magie zu Asche verbrennen. Stattdessen wendet er sich ab und geht mit schlurfenden Schritten zu dem Sockel hinüber, auf dem das Stück von Zardrus Zauberstab ruht. Der Dämon hebt eine Klauenhand, und die schillernde Glocke faltet sich nach allen Seiten auseinander wie die Blütenblätter einer Blume.

»Eine Kuppel aus magischer Energie«, flüstert Kjara von der Seite. »Hättest du versucht, sie zu berühren, wärst du in Sekundenschnelle verbrannt.«

Mit dem Stabstück in der Hand kehrt Mal-Swoob zu euch zurück. Er starrt es einen Moment aus schwarzen Augenhöhlen an, dann hält er es dir hin. »Ein herber Verlust für meine Sammlung«, knurrt er. »Doch du hast mich besiegt. Seit über 900 Jahren hat das niemand mehr vermocht. Nimm also deine Siegesprämie – und dann verschwindet und kehrt nie wieder!«

Du ergreifst das Stabstück. Es ist erstaunlich schwer und strahlt eine Aura von Güte und Macht aus. Spiralförmige Ringe sind in die Oberfläche geschnitzt, 25 von der Kugel an der Spitze bis zur Bruchstelle. Mit einem Hochgefühl steckst du es in deinen Rucksack. (Vermerke deinen Fund mitsamt seinem genauen Aussehen auf deinem **Abenteuerblatt**.) Hinter deinem Rücken ertönt ein schmatzendes Geräusch. Als du dich umdrehst, siehst du, wie sich eine neue Stollenöffnung in der schlammigen Höhlenwand auftut. Du eilst hindurch und den dahinterliegenden Gang entlang, gefolgt von Bolko und Kjara. Kurz darauf tretet ihr in strahlendes Sonnenlicht hinaus. Weiter bei **56**.

230 Weder Bolko noch dir traust du zu, mit einem echten Vampir fertig zu werden, daher verabschiedest du dich schweren Herzens von dem alten Mann. Zusammengesunken und ohne Hoffnung bleibt Lurpinek im Speisesaal zurück. Ihr durchquert die Küche und erreicht die Eingangshalle. Da ihr nicht riskieren wollt, irgendwo im Haus auf den blutdurstigen Grafen zu treffen, verlasst ihr das unheimliche Gemäuer umgehend und kehrt zur Großen Allee zurück. Weiter bei **30**.

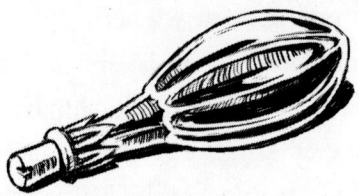

231 Am folgenden Morgen erwachst du ausgeruht und hilfst Petrok dabei, das Lager abzubrechen. Gemeinsam mit Bolko, der sich erwartungsgemäß über das fehlende Frühstück beschwert, steigst du wieder auf den Planwagen, und die Fahrt geht weiter.

Stunde um Stunde rollt ihr dahin. Du sitzt vorne, direkt hinter dem Kutschbock, und unterhältst dich mit Petrok, während sich Bolko weiter hinten, zwischen Dutzenden gestapelter Räucherschinken, ein Plätzchen zum Hinlegen gesucht hat. Irgendwann, die Sonne steht mittlerweile hoch am Himmel, glaubst du, seltsame Geräusche zu vernehmen … eine Art Schmatzen, und es scheint aus dem aus dem hinteren Teil des Gefährts zu kommen.

Willst du über die Waren klettern und nachsehen, was dort vor sich geht (weiter bei **168**), oder ignorierst du die Laute und unterhältst dich lieber weiter mit dem freundlichen Händler (**131**)?

232 Hinter der Schwingtür liegt ein großzügig geschnittener Speisesaal. Eine Tafel mit zwei Dutzend hochlehnigen Stühlen steht darin. Geschirr und Besteck für eine große Abendgesellschaft sind aufgelegt, doch alles ist von fingerdickem Staub bedeckt. »Hier hat schon eine ganze Weile keiner mehr gegessen«, stellt Bolko bedauernd fest. In diesem Moment rührt sich etwas im hinteren Teil des Saals. Aus den Schatten wankt ein erschreckend magerer Mann in einer schwarzen Dienerlivree auf euch zu. Er stößt krächzende Laute aus, die immer wieder von einem fürchterlichen Husten unterbrochen werden. Als er die Tafel zur Hälfte umrundet hat, stolpert er kraftlos gegen einen der Stühle und bleibt dort liegen. Möchtest du zu dem Mann hinübergehen und ihn ansprechen (weiter bei **186**), oder verlässt du den Speisesaal lieber rasch wieder (**149**)?

233 Kennst du das Zauberwort, um den Golemiten zu aktivieren? Wenn ja, *zähle die Buchstaben dieses Wortes und lies bei dem Abschnitt weiter, der dem Ergebnis entspricht.* Kennst du das Zauberwort nicht, musst du es entweder mit einem uralten Zauberbuch versuchen (sofern du eines besitzt, weiter bei **14**). Hast du keines, **befrag das Schicksal:** Erhältst du ᛞ, ᛗ oder ᛉ, weiter bei **221**. Ist das Ergebnis ᚾ, ᛏ, ᛣ, ᚱ oder ᛪ, weiter bei **240**. Bei jeder anderen Rune weiter bei **121**.

234 Gegen Abend kommt im Licht der untergehenden Sonne ein Gebäude in Sicht. Ein großes Landhaus erhebt sich kaum eine halbe Meile abseits der Straße auf einem sanften Hügel in den Himmel. »Klasse«, findet Bolko. »Genau der richtige Ort, um nach einem Bruchstück des Zauberstabs zu suchen.«

»Wie meinst du das?«, erkundigst du dich.

»Ist doch klar: Auf diesem Landsitz wohnt bestimmt ein Graf oder so was. Falls hier in der Nähe irgendwann mal ein Teil des magischen Stabs gefunden wurde, weiß der Adelige garantiert davon. Falls er es nicht sogar in seinem Besitz hat!«

Du schenkst deinem Vetter einen skeptischen Blick. »Und der wahre Antrieb, warum du dort hinüber willst, ist nicht zufällig der, dass du die Bewohner um etwas zu futtern anbetteln willst?«

»Eöhh … ich, also … Vielleicht haben die ein Nachtlager für uns? Ich weiß kaum noch, wie ein anständiges Bett aussieht.«

Stimmst du zu, dich dem Landhaus zu nähern, weiter bei **177**. Ziehst du es vor weiterzumarschieren, um vor Einbruch der Nacht noch ein paar Meilen gutzumachen, weiter bei **30**.

235 Ihr beobachtet das Tier, während es sich träge aus dem Morast arbeitet. Es handelt sich um eine eidechsenähnliche Kreatur, nur der Kopf ist anders, er ähnelt eher dem eines Hahns. Als das Geschöpf sich ein letztes Mal schüttelt und Schlammbrocken in alle Richtung schleudert, stößt Kjara einen erschrockenen Schrei aus: »Ein Basilisk! Lauft, was ihr könnt – wenn uns sein Blick trifft, erstarren wir zu Stein!«

Doch es ist bereits zu spät: Faustgroße gelbe Augen öffnen sich im vogelartigen Gesicht des Basilisken. Während ihr noch rückwärts stolpert, erfasst euch sein Blick. Sofort spürst du, wie deine Glieder schwer werden. Zwei Herzschläge später bekommst du deine Füße nicht mehr vom Boden hoch. Als du mit einem stummen Schrei die Hand vor die Augen hebst, siehst du, wie sie sich Stück für Stück grau verfärbt, dann lässt sie sich nicht mehr bewegen. Der weiche Boden gibt unter deinem Körper nach, und wenige Augenblicke später steckst du bis zu den Hüften im feuchten Schlamm. Du endest wie so viele Abenteurer vor dir als kalte Steinfigur im Herzen des Schlammhügellandes. Deine Mission ist gescheitert, Konduula dem Untergang geweiht!

236 Umflattert von kreischenden Körpern nestelst du die Knoblauchzehen aus dem Rucksack, richtest dich halb auf und schleuderst sie ohne große Hoffnung mitten in die wirbelnde Masse der Blutsauger hinein (streiche den Knoblauch von deinem **Abenteuerblatt**). Überrascht beobachtest du, was geschieht: Wie ein

Fischschwarm, der vor einem Raubfisch flieht, reißt die Wolke der Vampirfledermäuse auseinander, um die Berührung mit den stinkenden Knollen zu vermeiden. Ein Korridor zwischen den schwarzen Leibern entsteht, durch den ihr ungehindert zur Treppe und hinunter in die Eingangshalle rennen könnt. Bevor die Biester sich neu formieren und von der Galerie herunterflattern können, seid ihr draußen und habt die schwere Eingangstür hinter euch ins Schloss gezogen. So schnell ihr könnt, rennt ihr zurück in Richtung der Großen Allee. Weiter bei **30**.

237 Mit wildem Gebrüll kommen die Räuber näher, bis sie genau unter eurem Baum angelangt sind. »Dort entlang! In diese Richtung müssen sie gelaufen sein«, tönt eine heisere Stimme, dann setzen sich die Männer wieder in Bewegung. Sekunden später sind ihre Schritte im Unterholz verklungen.

»Glück gehabt. Und jetzt nichts wie weg«, flüsterst du Bolko zu. Ihr hangelt euch zum Boden zurück und verlasst das Wäldchen auf demselben Weg, auf dem ihr gekommen seid. Unbehelligt passiert ihr das Haus der Bande und kehrt zur Straße zurück. »Das war knapp«, keucht Bolko. »Jede Wette: Sollten wir denen je wieder begegnen, werden die eine Mordswut auf uns haben.« Weiter bei **220**.

238 Vorsichtig betrittst du die Brücke, wobei du bei jedem Schritt die Stabilität der Bohlen unter deinen Füßen testest. Langsam arbeitest du dich vorwärts, bis du die Mitte des knirschenden Gebildes erreicht hast. Dann rufst du Bolko zu, dass er langsam nachkommen soll.

Folgsam stapft dein Vetter los. Fast sofort hörst du ein berstendes Geräusch, gefolgt von einem schrillen Schrei. Du fährst herum und siehst, dass Bolko eingebrochen ist und zappelnd mit seinem dicken Bauch zwischen zwei morschen Bohlen feststeckt.

»Ein Glück, dass du so stattlich bist«, kichert Kjara, die in engen Kreisen um Bolkos Kopf herumschwebt. »Andernfalls wärst du zwischen den Brettern durchgeflutscht und in den Fluten des Fusselik ertrunken.«

»Ha, ha. Sehr witzig!«, schnauzt Bolko. »Hilft mir vielleicht mal einer?«

Du packst zu, und wenig später steht Bolko wieder auf der Brücke. Doppelt so vorsichtig wie zuvor setzt du deinen Weg fort, wobei du Bolko die jeweils stabilsten Bohlen zeigst. Ohne weitere Zwischenfälle schafft ihr es ans andere Ufer, wo Kjara euch bereits grinsend erwartet. Weiter bei **174**.

239 Nebeneinander tretet ihr in den Schatten des Höhleneingangs. Nach einigen Metern wird der Boden abschüssig und führt in einer breiten Rinne mit völlig glattem Boden steil abwärts. »Die reinste Rutschbahn«, murmelst du und stützt dich zur Sicherheit an einer der ebenfalls spiegelglatten Wände ab. »Wieso ist hier alles so poliert?«

»Wahrscheinlich benutzt Gorgoloss diese Öffnung seit Jahrhunderten als Ein- und Ausgang«, vermutet Kjara. »Sein geschuppter Leib muss den Stein abgewetzt haben wie Schleifpapier.«

»Was machen wir eigentlich, wenn wir unten sind?«, will Bolko wissen. »Ich meine, gehen wir einfach zu dem Drachen hin, sagen ›Hallo‹ und fragen, ob er ein Stück des Zauberstabs hat?«

»Unsinn«, erwiderst du. »Sobald wir unten ankommen, schauen wir uns um und überlegen uns, wie wir den Drachen am besten austricksen können.«

Ihr beginnt mit dem Abstieg. Es geht unerträglich langsam vorwärts, denn bei jedem Schritt müsst ihr sichergehen, auf dem glatten Untergrund nicht den Halt zu verlieren. Bereits nach kurzer Zeit ist dein Vetter ein gutes Stück zurückgefallen. Du hältst inne, damit er aufschließen kann, doch im selben Moment ertönt hinter dir ein entsetzter Schrei. Bolko ist gestürzt und schießt jetzt wie eine Kanonenkugel über den glatten Boden auf dich zu! **Befrag das Schicksal:** Erhältst du ᚾ, ᚱ, ᚦ oder ᛉ, geht es weiter bei **190**, ist das Ergebnis eine andere Rune, bei **118**. (Verfügst du über das Talent KLETTERN, brauchst du das Schicksal nicht zu befragen. Lies direkt weiter bei **190**.)

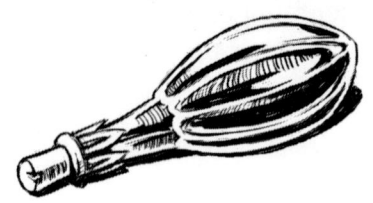

240 Als die Schlange fauchend auf euch zukommt, hast du eine aberwitzige Idee. »Wir trennen uns«, schreist du und rennst los. Du hältst direkt auf das riesige Ungetüm zu. Erst ganz knapp vor seinen zukrachenden Kiefern scherst du nach links aus. Aus dem Augenwinkel siehst du, dass Kjara ein ähnliches Manöver auf der anderen Seite der Eisschlange hinlegt. Sogar Bolko hat genügend Puste übrig, um das Monstrum in weitem Bogen zu umrunden. Die Aktion zeigt den erhofften Erfolg: Die Schlange zögert, kann sich nicht entscheiden, wem sie folgen soll. Ihr nutzt die gewonnenen Sekunden und erreicht schwer atmend das anderen Ende der Grotte.

»Dort hinein!«, ruft Kjara und deutet auf eine schmale Tunnelmündung, die hinter der riesigen Eisskulptur in der Wand klafft. »Der Durchgang ist zu schmal für das Biest.«

»Aber was wird aus dem Zauberstabstück?«, rufst du und deutest hinauf zum Kopf der Statue.

»Ich fürchte, das Biest hat was dagegen, dass wir es uns holen«, zischt Bolko und verschwindet vor dir in dem engen Durchgang. Du siehst ein, dass ihr im Moment keine Chance habt, an das Bruchstück heranzukommen. Enttäuscht folgst du deinem Vetter nach **73**.

241 Sekunden später prescht ein stattliches weißes Pferd um die Kurve. Auf seinem Rücken sitzt ein hochgewachsener Mann, dessen ebenfalls weißer Überwurf hinter ihm im Wind flattert. Als er euch erblickt, zügelt er sein Ross und bringt es wenige Schritte vor euch zum Stehen. »Nanu?«, erkundigt er sich mit tiefer Stimme. »Zwei halbe Portionen ganz allein auf einer so großen Straße, meilenweit von der nächsten Ansiedlung? Wer seid ihr und wohin führt euch euer Weg?«

Bevor du zu einer Antwort ansetzen kannst, tritt Bolko vor und streckt dem Mann grüßend eine dicke Hand entgegen. »Seid gegrüßt, Fremder«, ruft er überschwänglich. »Ich bin Bolko der Große, fahrender Held und betraut mit der Mission, Konduula vor dem finsteren Gorlash zu retten. Sagt, hättet Ihr zufällig eine kleine Vesper bei Euch, irgendetwas Nahrhaftes, das Ihr mit uns teilen mögt?«

Du würdest Bolko am liebsten eine schallende Ohrfeige verpassen – da fällt dir auf, dass der Fremde nur mit Mühe ein Lachen unterdrücken kann. Offenbar findet er deinen Vetter ausgesprochen erheiternd. Der Mann sitzt ab, öffnet seine Satteltasche und zieht eine Kette dunkler Trockenwürste hervor. Nachdem er zwei davon abgerissen hat, wirft er Bolko den Rest zu. »Labt Euch hieran, Bolko der Große«, ruft er grinsend.

Erstaunlich geschickt fängt Bolko die Würste aus der Luft und beginnt, übers ganze Gesicht strahlend, zu mampfen. Der Fremde wendet sich an dich und reicht dir eine der beiden verbliebenen Würste. Während ihr esst, verrät er dir, dass sein Name Sutisa lautet. Er ist Kurier und transportiert Medikamente von der Gilde der Heiler in Sloggart nach Slengg, zum Bund der konduulischen Heilkundigen.

»Ihr kommt von Sloggart?«, wiederholst du. »Dorthin wollen wir auch. Wir möchten einen Gelehrten namens Mansinius besuchen. Kennt Ihr ihn zufällig?«

Sutisa steckt sich den Rest seiner Wurst in den Mund, überlegt kurz und schüttelt den Kopf. »Ich habe von diesem Mann gehört, er genießt in Sloggart eine gewisse Bekanntheit. Aber er ist weder ein Heilkundiger noch ein Händler von Arzneien, daher bin ich ihm nie begegnet.« Er zuckt die Schultern. »Fragt euch einfach durch, dann sollte es nicht schwer sein, seinen Wohnort ausfindig zu machen.« Er nickt dir zu und steigt wieder auf sein Ross. »Ein kleiner Tipp, falls die Wachen am Stadttor einen schlechten Tag haben und euch Ärger machen wollen: Die Kerle werden so schlecht bezahlt, dass ein kleines Geschenk oft Wunder wirkt.« Er zwinkert dir zum Abschied zu und gibt seinem Pferd die Sporen. Mit klappernden Hufen saust er in Richtung Norden davon.

»Dasch war mal'n netter Mensch!«, bemerkt Bolko mit vollem Mund und schluckt zufrieden die letzten Wurstzipfel hinunter. Gesättigt macht ihr euch wieder auf den Weg. Weiter bei **54**.

242 Als du ihm erklärst, dass ihr versuchen wollt, den Grafen von seinem Vampirdasein zu erlösen und ihm ewige Ruhe zu schenken, starrt Lurpinek dich entgeistert an – genau wie Bolko, dessen Gesichtsausdruck keinen Zweifel lässt, dass er gerade schwer an deinem Verstand zweifelt. Der alte Diener rappelt sich auf und umarmt dich überschwänglich. Er erklärt euch, wo ihr den Grafen finden könnt. Die Gruft mit seinem Sarg befinde sich im Keller des Hauses, wohin man von der Eingangshalle aus über eine schmale Treppe gelange. Da es noch früh am Abend sei, müsse Maczul jetzt noch dort sein. Du versprichst Lurpinek, dass er dieses Haus schon bald wird verlassen können, und kehrst mit Bolko in die Eingangshalle zurück, wo du zielstrebig auf die Kellertreppe zuhältst. Weiter bei **210**.

243 Sanft windet sich die Straße durch die grüne, sonnenbeschienene Landschaft. Nach einer Weile taucht hinter einer Biegung ein einsames Haus auf, nur ein paar Steinwürfe abseits des Weges. Kaum hat

Bolko es erspäht, hängt er bereits an deinem Ärmel und bettelt: »Lass uns hingehen und klopfen! Wenn wir ganz nett fragen, kriegen wir bestimmt ein Schinkenbrot oder so was.«

Stimmst du zu, an die Tür des Hauses zu klopfen (weiter bei **85**), oder bestehst du darauf, euren Weg ohne Verzögerung fortzusetzen (**220**)?

244 Du schließt die Augen und horchst in dein Inneres hinein, um zu erspüren, was in den nächsten Augenblicken geschehen wird. Deine Gabe verrät dir, dass es hier zwar gleich hektisch zugeht, Bolko und dir dabei jedoch keine Gefahr droht ... denn etwas völlig Unvermutetes wird eintreten und euch retten! Beruhigt öffnest du die Augen, siehst dem Räuberhauptmann furchtlos ins Gesicht und befiehlst ihm mit fester Stimme, euch loszulassen und sich mitsamt seinem widerwärtigen Pack aus dem Staub zu machen. Weiter bei **77**.

245 Wenig später kehrt Kjara zurück. »Schlechte Neuigkeiten«, flüstert sie. »Ein Schiff aus dem Osten hat Nachricht gebracht, dass Gorlashs Armee aufmarschiert ist. Abertausende Goblinge und schwarze Druiden sollen wenige Meilen vor den Landesgrenzen lagern. Es ist nur eine Frage von Tagen, bis sie angreifen.«

Dir bleibt bei diesen Worten beinahe das Essen im Halse stecken. Dass die Zeit so sehr drängt, hättest du in deinen schlimmsten Albträumen nicht geahnt. Und noch immer habt ihr nicht alle Teile von Zardrus Zauberstab gefunden.

Du beschließt, dass ihr so schnell wie möglich die nächste Etappe eurer Suche planen müsst, und rollst Marlaras Karte vor dir aus. Kjara schwebt herbei und schaut dir über die Schulter. »Einige Tagesreisen östlich von hier liegt das Plateau von Ann'Tonn«, erklärt sie. »Südlich von uns befindet sich das Schlammhügelland, eine unwirtliche Region voller trügerischer Moore.« Sie wirft einen Blick in den Beutel, den sie um die Hüften trägt, wobei es leise klimpert. »Königin Alvina hat mir ausreichend Kupferkronen mitgegeben. Ich könnte uns morgen eine Fahrt auf einem Passagierschiff gen Osten buchen. Oder wir überqueren mit einer Fähre den Fluss und suchen zunächst im Schlammhügelland.«

»Reichen deine Moneten vielleicht auch für einen kleinen Nachtisch?«, erkundigt sich Bolko hungrig und leckt sich die Lippen.

Kjara verdreht die Augen, dann sieht sie fragend zu dir hinüber. »Was meinst du?«

Möchtest du am folgenden Tag auf einem Passagierschiff den Fusselik hinauf nach Osten reisen (weiter bei **165**), oder ziehst du es vor, den Fluss zu überqueren und zuerst das Schlammhügelland zu durchforsten (**216**)?

246 Du hältst erschrocken die Luft an, als Bolko wie in Zeitlupe taumelt und der Länge nach hinzuschlagen droht. Im allerletzten Moment fängt er sich ab und wetzt so schnell auf seinen stämmigen Beinen hinter dir her, als hielte ihm jemand einen saftigen Schinken vor die Nase. Ehe du es dich versiehst, hat er dich eingeholt, und nebeneinander rennt ihr durch die neblige Gasse davon. Das wütende Geschrei der Torwächter bleibt rasch hinter euch zurück. Schließlich verlangsamt ihr euer Tempo, um zu verschnaufen und euch ein wenig umzusehen. Weiter bei **146**.

247 Unvermittelt taucht ein schattiger Seitengang zu deiner Linken auf – eine Möglichkeit, eure Verfolger abzuhängen? Du willst es herausfinden und biegst ab nach **159**.

248 Mansinius dreht die schmutzige alte Pfeife hin und her, wobei er kritisch die Stirn runzelt. »Merkwürdig. Rein äußerlich scheint an dieser Pfeife nichts Besonderes zu sein. Dennoch spüre ich, dass sie von einer dunklen Aura umgeben ist, als sei böse Energie in ihr gebannt.« Er gibt dir die Pfeife zurück und sieht dich ernst an. »Wenn du meinen ehrlichen Rat hören willst: Probier diese Pfeife niemals aus. Auch wenn ich nicht genau zu sagen vermag, was passieren wird, ich bin sicher, dass es nichts Gutes ist.« Weiter bei **110**.

249 Ihr schlittert auf eine Kreuzung hinaus – und bremst entsetzt ab: Aus der Gegenrichtung kommen euch drei Eis-Elben entgegen, die Speere mordlüstern in die Luft gerissen! Dieser Weg ist euch abgeschnitten, es bleibt nur die Wahl zwischen rechts (**169**) oder links (**43**).

250 Als du wieder etwas erkennen kannst, wird dir klar, wohin euch die Zauberer mit ihrem Teleportationszauber versetzt haben. Ihr steht mitten auf dem nächtlichen Marktplatz von Roog, deinem Heimatdorf! Nacheinander schütteln euch die Zauberer die Hände und danken euch für den großen Dienst, den ihr Konduula erwiesen habt. Anschließend wanken Bolko und du erleichtert nach Hause. Leise, ohne jemanden zu wecken, schleichst du dich ins Haus deiner Eltern und hinauf in dein Zimmer. Du legst ein Kissen als Nachtlager für Kjara auf einen Stuhl, und eine Minute später schlummert ihr beide tief und fest.

Am nächsten Morgen wirst du von Jubelrufen und Marschmusik geweckt. Marlara und ihre Ratskollegen haben im Dorf eine große Feier für euch ausgerichtet. Den ganzen Tag gibt es Köstlichkeiten zu essen, Reden werden gehalten und Lieder gesungen. Zum Abschluss soll der tapfere Held, der Konduula vor dem Übergriff des finsteren Gorlash gerettet hat, auf dem Dorfplatz mit der Ehrenbürgerschaft von Roog ausgezeichnet werden. Als der Bürgermeister den Betreffenden zu sich auf das Rednerpodest bittet, willst du dich instinktiv erheben – und verharrst mitten in der Bewegung. Mit stolz geschwellter Brust, eingeschnürt in sein frisch gereinigtes Ausgehwams mit der albernen roten Fliege, stolpert Bolko an dir vorbei auf die Bühne. Begeisterter Applaus brandet auf.

Denkt denn tatsächlich jeder hier, es wäre allein deinem vertrottelten Vetter zu verdanken, dass ihr alle drei Teile von Zardrus Zauberstab gefunden habt? Da erscheint unvermittelt Marlara an deiner Seite. Sie lächelt gütig und zwinkert dir verschwörerisch zu, genau wie am Tag eures Aufbruchs. Im selben Moment landet Kjara leise kichernd auf deiner Schulter und flüstert dir ins Ohr: »Ich glaube, die Zauberin hat ganz genau gewusst, warum sie ausgerechnet *dich* zusammen mit deinem dicken Cousin auf die Reise geschickt hat.«

Auf der Bühne hängt der Bürgermeister deinem Vetter die Ehrenbürgermedaille um den Hals. Die Menge applaudiert erneut. Bolko verbeugt sich tief – und bleibt prompt mit dem Band seiner Medaille an einem Nagel zwischen den Bühnenbrettern hängen. Eine Sekunde später liegt er auf seiner dicken Nase. Die Zuschauer applaudieren ungerührt weiter.

»Weißt du, was einen echten Helden auszeichnet?«, fragt dich die kleine Alve fröhlich. »Dass er sich nie in den Vordergrund drängt. Es genügt ihm, dass er selbst um seine Verdienste weiß … und vielleicht ein paar seiner engsten Freunde.«

Auf der Bühne rappelt sich dein Vetter mit knallrotem Kopf vom Boden hoch. Ein Grinsen zieht über dein Gesicht, während du langsam nickst. Dann hebst du die Hände und fängst ebenfalls an zu klatschen.

DIE KERKER DES SCHRECKENS

Was ist geschehen? Als du aus tiefer Bewusstlosigkeit erwachst, findest du dich in einer finsteren Gefängniszelle wieder, bewacht von albtraumhaften Kreaturen. Du kannst dich nicht erinnern, wie du hierhergekommen bist oder wo du dich befindest. Du weißt nur, dass du in tödlicher Gefahr schwebst, falls es dir nicht gelingt, von diesem unheilvollen Ort zu fliehen. *Kannst du den Kerkern des Schreckens lebendig entrinnen und dir einen Weg zurück in die Freiheit bahnen?*

Ein interaktives Fantasy-Abenteuer!

*DU entscheidest, welchen Weg du einschlägst, welche Gegner du bekämpfst. Doch Vorsicht, hinter jeder Ecke kann das Verderben lauern! **Nur mit Mut, Grips und einer Portion Glück bestehst du alle Prüfungen!***

Erhältlich im Buchhandel oder direkt auf **www.manti-shop.de**

Jonathan Green

～ ·OZ· ～

– EIN ZAUBERHAFTES SPIELBUCH –

Dieses Spielbuch ist DEINE Eintrittskarte in die magische Welt von OZ!

Schlüpfe in die Rolle von Dorothy, der Vogelscheuche, des Löwen oder des Zinnmanns und begib dich auf den gefahrvollen Weg zur Smaragdstadt. Doch sei gewarnt! Seit Dorothys letztem Besuch hat sich hier viel verändert. Eine unheilvolle Macht hat von Oz Besitz ergriffen und seltsame Geschöpfe wüten nun durch das Land über dem Regenbogen. Ist der ehemalige Zauberer von Oz endgültig dem Wahnsinn verfallen? Und welche Rolle spielt dabei die Böse Hexe des Westens?

Bewaffnet mit Würfel und Bleistift musst du durch die Welt von Oz reisen, mit seinen bizzaren Bewohnern verhandeln, magische Kräfte sammeln und gefährliche Monster besiegen. Nur so kannst du das Geheimnis lüften und das Land hoffentlich von seinem düsteren Schatten befreien!

Erhältlich im Buchhandel oder direkt auf **www.manti-shop.de**

Karl-Heinz Zapf

ELFENWALD

– SCHATTEN ÜBER CAS'ASHAR –

Erbarmungslos gejagt von den Dunklen Fürsten!

Ein sterbender elfischer Bote offenbart dir, dass die Dunklen Fürsten einen vernichtenden Angriff auf deine Heimat, den Elfenwald Cas'Ashar, planen. Nur du kannst das Volk der Elfen noch rechtzeitig warnen! Aber die erbarmungslosen Häscher deiner Feinde sind dir bereits dicht auf den Fersen. Auf deinem langen Weg nach Cas'Ashar musst du dich zahllosen Gefahren stellen. Zum Glück verfügst du über die Gabe der Magie, die dich dein Meister Syldak gelehrt hat. *Doch sei auf der Hut, denn das Böse hat viele Gesichter ...*

Mit diesem old school-Spielbuch entführt Karl-Heinz Zapf in die goldene Zeit der Spielbücher. Keine unnötig komplexen Regeln, sondern eine nostalgisch-spannende Fantasy-Geschichte steht dabei im Vordergrund dieses Abenteuers.